# 银顶针的夏天

［美］伊丽莎白·恩赖特 —— 著

谢芳群 —— 译

浙江文艺出版社
Zhejiang Literature & Art Publishing House

果麦文化　出品

# 目录

# 中文分级阅读六年级导读

**亲爱的家长朋友：**

您好！您打开的是中文分级阅读的六年级图书。也许您纯粹出于好奇，也许您家里正有一位六年级的小朋友。

六年级阶段的儿童一般在11-12岁，处于小学生涯的最后阶段，往往既有少年期的叛逆，也有青春前期的萌动。他们一方面需要亲密的关系，另一方面又渴望独立。这一阶段的儿童，需要阅读有丰富情感和思想深度的作品，以满足他们的精神和认知能力。

这套由亲近母语和果麦文化联合打造的中文分级阅读文库，针对这一阶段的孩子专门配备了适宜的阅读套餐。亲近母语有着近20年的儿童阅读研究的专业积累，果麦文化有着优秀的出版品质和行业口碑。这套文库，基于亲近母语研发的中文分级阅读标准，根据6-15岁儿童的认知与心理特点，以及儿童阅读能力和素养发展的要求，共9个级别，108本经典作品。为每一个孩子，择选更适合的童书。

六年级从这个阶段儿童的语言、阅读和心理特点出发，精选了12本优秀的童话、小说、科幻、科普和戏剧作品。

六年级阶段的儿童依然需要童话，但这些童话，都有一定的思想深度和哲学意味。诺贝尔文学奖得主莫里斯·梅特林克的《青鸟》，是一部极富梦幻色彩和象征意味的作品。孩子们寻找青鸟的历程，让他们感悟到，幸福原来就在身边，让他人幸福，才是幸福的真谛。《小王子》，不仅是一部给孩子的童话，更是对纯真童年的守望。我们为孩子们择选了著名翻译家、法语翻译泰斗柳鸣九先生的译本，翻译流畅且富有童趣，很好地传达出了原作的神韵。日本国民作家宫泽贤治的《银河铁道之夜》，用独特的语言表达营造出一种令孩子们着迷的幻想世界，同时富含深邃的思想和浪漫的意境。

纽伯瑞儿童文学奖金奖作品《银顶针的夏天》，其中的小主人公加特妮在河床上发现了一枚银顶针，从此，整个夏天总会有各种惊奇的事情发生。这个故事教会孩子保有对生活的热爱与好奇，让平凡的生活充满奇迹。儿童小说《汤姆·索亚历险记》中的主人公汤姆·索亚自由活泼，充满正义，他的冒险经历极富传奇色彩，能带给孩子欢快的阅读体验。《查理和我的旅行》是一部生命主题的小说，用独特的叙述手法，讲述了一个关于善良和追寻的感人故事，结局出人意料又在情理之中，让人动容。

法布尔的《昆虫记》，是世界公认的儿童科普经典。从中我们精选了120多种中国人耳熟能详的昆虫，60余幅写实插画精准还原每个细节，为孩子开启另一个世界的神秘之门。六年级阶段的孩子需要阅读一些有一定深度的作品。《呼兰河传》是萧红创作的一部自传体的长篇小说，文字鲜活，思想深刻，不动声色中道尽人性。曹文轩的《像鹰一样滑翔》书写了童年中的孤独与苦难，展现了人性的丰富和坚韧。我们还选入了两本经典的科幻作品。《时间机器》这部小说第一次以时间旅行为题材，在一个大尺度的时空观里探讨了人类的命运。《海底两万里》是法国科幻大师凡尔纳的代表作，描绘了一个充满冒险与奇幻色彩的海底王国。

同时我们特意选择了兰姆姐弟改写的《莎士比亚戏剧故事集》。这是公认的让孩子阅读莎士比亚戏剧最好的启蒙作品。作者以浅显易懂的故事叙述方式，生动还原了莎翁原著的精华和神韵，让孩子在戏剧故事的阅读中，感受人物情绪的变换，体会故事中的悲欢离合和人性的丰富，体味莎士比亚戏剧语言永恒的魅力。

这里我们也提醒大家：分级阅读的初衷在于为各年龄段的孩子们择选适合阅读的书籍，但分级的概念并不是绝对的。只有您最了解自己的孩子，您可以根据孩子的阅读兴趣和能力，挑选书籍，如果他有足够的阅读能力，您也可以跨级择选。

在《像鹰一样滑翔》中，三个农村少年在看到城市少年潇洒地玩滑板之后，也萌发了滑板之梦，他们在日日苦练之后，终于都能像鸟儿一样顺着山坡畅快滑翔。希望六年级的这些图书能打开少年的视野与格局，滋养少年敏感多思的内心，让每一位少年都能像鹰一样自信舒展，自在滑翔！

每一个此刻，都有适合的童书。

期待每一个孩子的成长之路上，都有这套中文分级阅读文库的陪伴！

**亲近母语 × 果麦文化**

# 第一章

# 银顶针

加妮特觉得今天一定是世界上最热的一天。几个星期来，每天她都这么想，但是今天的确是最糟的一天。今天早晨，乡村药房外面的温度计已经将它那根细细的红色手指指到了四十三摄氏度。

整个世界就好像被蒙在一面鼓里。天空仿佛一张亮闪闪的皮，紧紧地绷在山谷上方。滚烫的大地也一样，紧绷而坚硬。然后，当天色暗淡下来的时候，天上就会响起一阵雷声，就好像有一只巨大的手在敲打这面鼓。沉重的乌云压在群山上空，闪电不时掠过，但是，没有雨。这种情形已经持续很长时间了。每天晚饭后，她的父亲就会走出家门，抬头看看天空，再低头看看他种满玉米和燕麦的田地。"没有雨，"他会摇着头说，"今晚没有雨。"

燕麦过早地黄了，玉米叶子变得又枯又脆，每当干燥的风吹过，它们就像报纸一样沙沙作响。如果雨还不快点儿下下来的话，今年就别想收获什么玉米了，燕麦也只能割下来充当干草了。

加妮特生气地抬头看着纹丝不动的天空，挥舞着拳头，喊道："你！你为什么就不下一点儿雨呢！"

每走一步，她的光脚丫就会踢起一小团尘土来。尘土飞到她的头发上，钻进她的鼻孔中，弄得鼻子痒痒的。

加妮特今年九岁半。她四肢修长，梳着两根太妃糖色的小辫，翘鼻子上长着几粒雀斑，两只眼睛绿色中带了点儿褐色。她穿着一条蓝色的工装裤，长度还不到膝盖。她会像男孩一样吹口哨，现在她就吹着呢。她轻轻地漫不经心地吹着，早就把对老天的怒气忘到九霄云外去了。

在高大的黑色冷杉树的掩映下，豪泽家的农场显得稳重而宁静。它位于大路的拐弯处，草坪上有一片花床，里面开满了火红的一串红。拖拉机和脱粒机在树荫下肩并肩地站着，就像一对怪物老搭档。路对面，豪泽家的猪正躺在猪圈里睡觉，呼哧呼哧地喘着粗气。"又懒又胖的家伙。"加妮特说着，朝最大的那只猪扔了一颗小石子。那只猪打起吓人的响鼻，笨重地站起身来。当然加妮特只是拿它逗个乐而已，他们中间还隔着一道围栏呢。

西特罗妮拉·豪泽将身后的纱门砰地关上，走下台阶，手里扇着一块洗碗的抹布，就像扇扇子一样。她是一个胖胖的小姑娘，脸蛋红扑扑的，额前留着厚厚的黄色刘海儿。

"老天！"西特罗妮拉朝加妮特喊道，"太热了！你这是要去哪里啊？"

"去拿信。"加妮特回答，"或许我们也可以去游会儿泳。"她想了想说。

但是西特罗妮拉不能去，她要帮她妈妈熨烫衣服。"在这种天里还要干这等好事！"她十分气恼地说，"我敢向你打赌，我会像一磅半黄油一样融化在厨房的地板上，然后流得到处都是。"

这个画面把加妮特逗乐了，她咯咯笑着继续往前走。

"等一下，"西特罗妮拉说，"也许我也可以去看看有没有我们家的信。"

她一边走，一边不停地折腾她那块抹布。她先把它像披肩一样披在头上，然后又将它系在腰间，但是太紧了，最后她将它塞在背后腰带里，抹布的一头垂下来，就像裙裾一样。

"像这种天，"西特罗妮拉说起来，"真叫我想去找一条瀑布。那种冲下来的不是水，而是柠檬汁的瀑布。我会坐在它下面，整天张着嘴。"

"我倒宁愿爬上一座高山，"加妮特说，"我说的是欧洲的那种高山。即使在最热的夏天里，那些山的山顶上也会有积雪。我会坐在雪地上，往下俯视深深的山谷。"

"还要爬山，太麻烦了。"西特罗妮拉叹气道。

她们转过一个拐角，沿着大路一直走到邮箱那里。那里有四个邮箱，每个邮箱都站在一根细细的柱子上。邮箱上面有弧形的顶，其中几个歪扭得很厉害。它们总是让加妮特想到几个又老又瘦的老妇人，歪戴着太阳帽，在路边东家长西家短地闲聊天儿。

每个邮箱上都印着黑色的姓氏：豪泽、舍恩贝克、弗里博迪和林登。

豪泽家收到的信件总是最多，因为他们是最大的家族，而且西特罗妮拉和她弟弟总是喜欢索取报纸上登的广告宣传样品。今天西特罗妮拉收到一小瓶染发剂和一份猪肉泥，她弟弟雨果则是三种不同的牙膏。

她们瞥了一眼舍恩贝克老先生的邮箱，看看里面鹡鸰的窝还在不在。鸟窝还在那儿，已经有一年了，但那里从来没收到过任何信件。

加妮特打开标记着"林登"的邮箱，这是她的姓。她从邮箱里拉出一个大包裹。

"看，西特罗妮拉，"她大叫起来，"这是农商百货店的目录。"

西特罗妮拉一把抓过去，撕掉了外面的包装纸。她和加妮特都喜欢看那家商店的商品目录。那里面有世界上所有你可能想买的东西，也有其他很多你不会想买的东西，比如拖拉机配件和各种各样的热水瓶，还有一页又一页的连体衣。

加妮特取出她家邮箱中其余的信件。这些不是真正的信，她一眼就能看出来。这些信都非常薄，信封的左上角印着小小的公司名称，就像商务信函一样。其中有两封上面还有长长的透明的小窗。不，这些不是真正的信。是账单，没错，它们是账单。

西特罗妮拉正盯着一张年轻漂亮的姑娘的照片，她穿着一件晚礼服。照片下面写着：你是最棒的；一条完美的舞裙，尺寸十四码到四十码。价格：11.98美元。

"等我到了十六岁，"西特罗妮拉做梦般地说，"我所有的衣服都要是这个样子的。"

但是加妮特没在听。账单，她知道那意味着什么。今晚她父亲会在厨房里一声不吭地坐到深夜，忧心忡忡地在一张纸上加加减减。夜深人静，父亲独自一人坐在桌边，只有一盏灯陪伴着他。如果天能下雨就好了！这样庄稼就会有好收成，他们就会有钱。她抬头看着天空，天上仍旧一丝动静也没有，万里无云，一望无际，这几个星期来都一样。

"我得回到我那宝贝熨衣板那儿去了。"西特罗妮拉闷闷不乐地说道。她啪的一下合上商品目录，将它递给加妮特。

她们在豪泽农场分了手，加妮特看着西特罗妮拉胖乎乎的背影，身后一块抹布像裙摆一样拍打着她，就忍不住笑起来。

在她翻过长长的山坡回家的路上，可以看见一条树木掩映之下镜子般的小河。河流越来越浅了，她很快就能直接蹚水过河了。

汗滴从她的额头上往下淌，一直流到眼睛里，就像大颗的泪珠一样，她的后背都湿透了。她真希望自己不用把那些账单交给父亲。

当她转身走进大门时，身后的影子已经很长了。她的哥哥杰伊正把一桶桶的牛奶从牲口棚提到地下冷藏室里去。他十一岁，比同龄的孩子高，皮肤黑黑的。

"有我的信吗？"他喊道。

加妮特摇摇头，杰伊转身走进了冷藏室。

牲口棚又大又旧，就像一辆正在拐弯的公交车一样歪向一边。等有一天父亲有了足够的钱，他就会建一个新的。牲口棚旁边是一个很大的筒仓，加妮特又像往常一样开始浮想联翩：要是筒仓里有一个房间该有多好啊，它小小的，圆圆的，还有一扇可以往外推的窗户，就像城堡塔楼上的房间那样。

　　她在猪圈旁边停留了一会儿，想看看大母猪"皇后殿下"和它的那窝小猪崽。它们刚出生没多久，大耳朵像丝缎般柔滑，小巧的蹄子看上去就像穿了高跟拖鞋一样。"皇后殿下"翻了个身，一身肥肉犹如波涛翻滚。它把那些吱吱叫着的小家伙们驱散在它的左右。它是一个很不耐烦的母亲，气呼呼地哼着，将那些打扰它的小猪崽一脚蹬开。

　　加妮特还没有给小猪们起名字，她靠在围栏上想名字。那窝小猪中最大的那只，出奇地贪婪和自私，哪怕对于一只猪来说，也太过分了。它踩在它兄弟们身上，咬它们的耳朵，将所有挡在它面前的小猪都推到一边。毫无疑问，它会长成一只会获奖的大公猪，就像它父亲一样。"国王"对它来说也许是个好名字，或者"皇帝""暴君"，只要够霸气响亮就行。加妮特最喜欢的是一个小家伙，它的皮肤像缎子般柔软，脸上总是带着悲伤的表情，它不会争抢，因此常常吃不饱。

　　不知为什么，"提米"这个名字看起来对它最合适不过。

　　加妮特慢慢走向那棵高大的枫树下的黄色小屋，打开了厨房的门。

　　她的母亲正在黑色的大煤炉前做晚饭，她的小弟弟唐纳德坐在地板上，嘴里发出火车开动的呜呜声。她母亲抬起头来，炉火烤得她满脸通红。"亲爱的，有信吗？"她问。"账单。"加妮特回答。

　　"哦。"母亲应了一声，又转回去做饭。

"还有农商百货店的目录，"加妮特飞快地说，"里面有一条裙子您穿起来会非常好看。"她找到了那张"你是最棒的"的照片。

"我觉得这种款式不怎么适合我呢，亲爱的。"母亲看着裙子笑起来，然后轻轻地拉了一下加妮特左边的那根辫子。

加妮特开始布置窗边的餐桌。刀、叉、刀、叉、刀、叉、刀、叉。不过给唐纳德只要一个勺子就行了，他就算用勺子吃饭也常常漫不经心，到最后总是落在外面的和吃进肚子里的一样多。

在餐桌的中间她摆上了一瓶番茄酱、盐、胡椒粉和一只绘有牵牛花图案的陶瓷糖碗，以及一个装满勺子的玻璃杯。然后，她去了冷藏室。

冷藏室里黑乎乎的，很安静。一个水龙头正缓缓地往下面的深水池里滴着水。牛奶桶和装黄油的石罐都沉在水池里。加妮特装了一大罐牛奶，又放了一块黄油在她带来的盘子里，然后跪下来，将双臂伸进水中。因为溅进去一些牛奶，水有些浑浊，但是非常冰凉。她感觉到凉意顺着血管传到全身，她忍不住打了个寒战。

她再次回到厨房时，就好像一脚踏进了火热的烤箱里。

唐纳德不再扮火车玩了，现在他变成了一辆消防车。他模仿消防车尖锐刺耳的啸叫声，又喊又叫地在屋子里转了一圈又一圈。加妮特很好奇，他怎么有这么多精力。他甚至都没注意到天这么热，虽然他的头发像湿透了的羽毛一样黏附在额头上，脸蛋红得像红萝卜。

母亲向窗外望去。"你爸爸来了，"她说，"加妮特，现在不要把信件给他，我想要他好好吃顿晚饭。把它放在日历后面吧，我回头再来处理。"

加妮特赶紧把账单塞到水槽上方架子上的日历后面。日历上有一幅画，画着一群绵羊在野外山坡上吃草，它们身后彩霞满天。这幅画的名字叫《高原晚照》。每次加妮特看着这幅画，她就觉得自己置身其中，绵羊们就在她的身旁，周围万籁俱寂，只有绵羊吃草的声音。这幅画总是给她一种愉悦、悠远的感觉。

随着纱门特有的吱嘎声，父亲走了进来。他走到水槽边，洗了洗手。他看上去很疲惫，脖子后面被太阳晒得黑黑的。"这是什么天，"他说道，"要是再来这么一天——"他摇了摇头。

天热得叫人什么都不想吃。加妮特一口粥也喝不下去。唐纳德闹起来，打翻了他的牛奶。只有杰伊一个人正襟危坐地吃着，好像还很享受。加妮特认定，如果手头没有吃的东西，屋顶上的瓦片他都吃得下去。

加妮特帮忙洗好碗之后，就和杰伊换上泳衣向河边走去。他们必须走一段路，穿过一片牧场，越过几个沙洲，最后才能到达水深到可以游泳的地方。这是一个幽暗、宁静的池塘，旁边是一个小小的岛屿，上面绿树成荫，树根一直延伸到了池塘里。两个孩子走近时，三只乌龟从一截木头上滑进池塘里，在平静的水面上留下三个慢慢变大的圈儿。

"这水就像茶水一样。"加妮特说，温热的褐色池水没到了她的脖子。

"我也觉得是，"杰伊说，"真希望水能凉一点儿。"

还好它仍旧是水，而且足够深，可以让他们在里面游泳。他们一会儿浮在水上，一会儿比赛游泳，一会儿从像弯弓一样伸到池塘上方的老桦树上往下跳。杰伊跳得非常好，入水的时候，几乎没溅起一点儿水花，但是加妮特每次都是肚子平平地扑下去。和往常一样，杰伊在一块尖利的石头上割破了脚，流了很多血。加妮特也像往常一样被急流卷住，她尖叫起来，杰伊救了她。他们费了好大的力气用枯树枝做了一个木筏，可他们俩一上去它就沉了。但是，什么都不会破坏他们的好兴致。

当他们被水泡得眼睛通红，不停流眼泪的时候，便来到沙地上开始寻宝。这块沙地是因为最近几周来的干旱才露出水面的，在这里可以找到各种各样的东西：张着口露出里面珍珠般色泽的蚌壳、缠满了长须般的绿色苔藓的树枝、生了锈的烟草罐、搁浅的鱼、瓶子和一把破茶壶。

他们俩弯着腰四处巡视，巡视可以捡起来的每一样东西。这块潮湿的平地散发出一股浓浓的泥土味。一会儿，金灿灿的阳光消失在树丛背后，但是天一点儿也不见凉。

加妮特看见一个小东西，半埋在土里，闪着亮光。她跪下来，用手把它挖了出来。那是一枚银顶针！它是怎么来到河里的？她扔下之前捡的一只旧鞋子、几块抛光的玻璃、六枚贝壳，上气不接下气地跑去给杰伊看。

"看，它是纯银的！"她得意扬扬地喊，"我想它一定有魔力！"

"魔力！"杰伊说，"你别傻了，世界上没有那种东西。不过我敢说，它值一些钱。"他看起来有点儿眼红。他自己也找到了两样宝贝—— 一个是一只公羊的头盖骨，它的眼眶里长满了苔藓，另一个是一只大鳄龟，嘴巴长得像鸟嘴，脸上凶巴巴的。

加妮特伸出一根手指，小心翼翼地摸了摸鳄龟那长着美丽斑纹的壳。

"我们叫它'老铁壳'吧。"她建议说。她喜欢给东西起名字。

不久，天黑得看不太清东西了，他们又回去游了一会儿泳。加妮特手里紧紧地攥着她的顶针，这是她从小到大找到的最好的东西。无论杰伊怎么说，她都确信它一定会给自己带来好运气。她非常快乐地浮在水面上，仰望着群星闪耀、流萤飞舞的天空。

天越来越黑，蚊子变得更加猖狂，他们决定打道回府。

穿过沙地回去的路上黑乎乎的，有点儿吓人。河岸边的树林里，猫头鹰发出轻柔而迷惘的叫声，其中有一只却时不时地尖叫着，声音高亢凌厉。

加妮特知道它们只不过是猫头鹰，但是在这唯有萤火虫的微光在闪烁的酷热暗夜里，她觉得它们可能是任何东西。这些脚步轻盈的动物，在夜间高度警觉。它们在树丛中凝视着他们，跟随他们的脚步。杰伊对此却完全不在乎，他用毛巾拍打着蚊子。

"听着，加妮特，"他突然说道，"我长大后不会当一个农民。"

"但是，杰伊，那你要当什么呢？"加妮特惊讶地问。

"我不想当一个农民，眼睁睁地看着我好好的庄稼被麦锈病毁掉，或者因干旱而死。

"我不想把我的生命浪费在巴望好天气上。我要离开这里，到海上去。我想当一个水手。"

他们俩都从来没见过大海，但是"大海"这个词听起来有一种湿漉漉、风很大的感觉，这让他们俩都很振奋。

"我也要当一个水手。"加妮特喊道。

杰伊大笑起来："你？女孩不能当水手。"

"我能，"加妮特坚定地说，"我会成为世界上第一个女水手。"她仿佛看见自己穿着水手裤，领子上绣着星星，爬上高高的缆索。她的头顶上，是蓝得让人眩晕的天空，海鸟翻飞其中；脚下海水湛蓝，波涛起伏；大风呼呼地刮着。

加妮特完全沉浸在这个画面中，忘了自己在干什么，竟一头扎进了篱笆墙里，一根铁丝网勾住了她的泳衣。"你疯啦，为什么不看着点儿路呢？"杰伊念叨着，耐心地帮她解开。

他们从铁丝网下面钻进了牧场。周围一片漆黑，每一步他们都必须十分小心。空气又闷又热，没有一丝风。

"我根本没觉得刚才我一直在游泳，"杰伊抱怨道，"我比之前更热了。干脆我回去再泡一泡。"

"我不要，"加妮特说，"我想睡觉了。"一想到在黑乎乎的河水中游泳，伴着那些猫头鹰的叫声，就令她毛骨悚然。但是她没有把这些告诉杰伊。

空气中散发着尘土的味道和牧场上的花香味：薄荷、香蜂草，还有猫爪花。加妮特用力地闻了闻。

"我们到冬天时再去当水手吧，"她说，"整个夏天我都想待在这里。"

他们翻过牧场大门，沿着那条尘土飞扬的大路朝家里走去。

厨房里亮着一盏孤灯，透过窗户，他们看见父亲弯着腰，在一本笔记本上涂涂画画。

"该死的，"杰伊低语道，"我永远不会当一个农民！"

加妮特道过晚安，然后踮着脚尖爬上楼梯，来到顶楼她自己的房间。屋里太热了，烛台上的蜡烛都热晕了，软塌塌地弯着腰。加妮特将它掰直了，然后用她带上楼的蜡烛将它点亮。飞蛾见到亮光纷纷飞向窗户，轻轻地扑打着纱窗，用它们纤细的腿在纱窗上敏捷地爬上爬下。有一些很小的虫子从纱窗的网眼里钻了进来，绕着烛火飞舞，将自己烧死了。加妮特吹灭蜡烛躺了下来。床单也热得发烫，她躺在那儿，汗水直流。她倾听着远处轻微的、不会带来雨水的雷声，感觉热气就像一张厚重的毯子一样裹着她。过了一会儿，她睡着了，梦见自己和杰伊在大海里的一只小船上，大海一望无际，波平如镜。加妮特在划船，划船是一个让人发热的活，她的手臂也划得疼痛不已。杰伊坐在船头，手里举着一个小望远镜。"一间农舍也看不到，"他不停地说，"一间也看不到。"

半夜加妮特醒过来，她有一种奇怪的感觉：什么事情要发生了。她一动不动地躺着，凝神谛听。

雷声又开始隆隆作响，声音比傍晚时分大很多。这雷声好像不是从天上传来的，倒像是来自地底下，震得房子也微微抖动。然后，慢慢地，啪嗒一声，又啪嗒一声，仿佛有人在往屋顶上扔硬币一样。下雨了。加妮特屏住呼吸，那声音停了下来。"不要停！"她低语。一阵风吹动树叶的响声过后，大雨哗哗地倾盆而下。加妮特从床上跳下来，跑到窗边。潮湿的空气扑面而来，她看见形如树杈的闪电，就像一棵燃烧着的大树一样在天边一闪而过。

加妮特飞快地转身奔下窄窄的楼梯，跑到父母的卧室门口。她重重地敲门，又一把把门推开，大声喊叫道："下雨了！下大雨了！"她觉得这场暴风雨就好像是自己送给他们的礼物。

她父母起身来到窗边，他们简直不敢相信自己的眼睛，但这是真的。下雨的声音充盈于耳，当闪电划过时，你就能看到沉重的雨水哗哗降落，闪着银光，犹如瀑布。

加妮特从下一段楼梯飞奔而下，冲出家门。短短五分钟，世界就变得狂暴而陌生。雷声像隆隆大鼓声，像阵阵炮声，像七月四日国庆日的庆祝声，不，还要更响。这雨下得就像大海倒了个个儿，风猛烈地刮着，摇撼着树木，树枝被扯得吱嘎作响。闪电照亮了下面牧场上的马儿，它们昂着头，鬃毛在风中飞扬。它们也不再是平时的模样了。

她听到母亲在屋里关窗的声音，就飞快地跑到杰伊的窗前喊："起来，起来！快出来淋雨！"她哥哥惊讶的脸出现在窗前。"哦，天呐！"他说着，转眼就跑到了屋外。

他们俩叫着喊着，像野兽一样在草坪上跑了一圈又一圈。加妮特的脚趾绊了一下，一头栽进了大黄丛中，但是她毫不在乎。她从来没有这么开心过。杰伊抓起她的手，两人一起跑下斜坡，穿过菜园。他们一路连滚带爬，避开豆架，跳过圆白菜，最后精疲力尽地停在牧场篱笆旁边。

突然一道强光闪过天空，亮得加妮特闭上了眼睛。同一瞬间，一声巨响似乎把地球劈成了两半。大地在他们脚下颤动，这意味着被闪电击中的地方离加妮特太近了。她听到母亲在门廊那儿喊他们，马上像兔子一样跑回了屋子。

"我们是科曼奇印第安人，我们在跳求雨舞呢！"加妮特解释说。

"你们湿透了！"妈妈喊起来，"看你们俩，全身都脏了，这样会得重感冒的。"但是提灯上方，她的脸上充满了笑意，她说："我得说，其实我自己也想这么干。"

现在屋子里凉快了。风把窗帘往加妮特房间里面吹，她换上一件干爽的睡衣，把毯子拉到下巴底下，侧耳倾听暴风雨的声音。电闪雷鸣持续了很长时间，然后渐渐地，雷声和闪电越来越微弱，最后完全消失了。

但是雨整夜都在下着，排水沟里的水哗哗流淌，屋檐滴着水，湿漉漉的树叶相互拍击。雨水从阁楼上的一条缝里漏下来，滴落到一个洗碗盆里，砰——砰——砰，就像有人在敲打一面锣。

加妮特屏住呼吸，凝神倾听，她几乎能听到湿润的泥土中，植物的根在畅饮着雨水，渐渐地它们又恢复了生机。

# 第二章

# 珊瑚手镯

几天后的一个下午，加妮特去拿信，那天雨下得很大。她的雨衣太短了，脚上的橡胶雨鞋是杰伊的，她穿着又太大，每走一步都发出扑通扑通的声音。

路上的雨水汇成了几条奶油咖啡色的小河流。到处都是蹦来跳去的小癞蛤蟆，加妮特落脚非常小心，生怕一脚踩到它们。她的雨衣上有一股浓浓的油香味儿，之前她还在其中的一个口袋里发现了一粒谁忘在那里的甘草糖。

邮箱里有一封看起来很重要的信是给她父亲的，有两封是给她母亲的，还有一张很无趣的明信片是给杰伊的，图片上是一栋办公楼，门前停着两辆小汽车。这是住在德卢斯的朱利叶斯叔叔寄来的。加妮特一封信也没收到，这也不奇怪，除了圣诞节和她的生日，她从来都收不到信。

她把信件放进黏糊糊的雨衣口袋里，转身走向西特罗妮拉家。她蹚水走过草坪，脚下水花四溅。随后她走上门廊前的台阶，透过纱门朝里张望。摆放着衣帽架和橡胶植物的大厅显得有点儿阴暗。

"西特罗——妮拉！"她喊叫着，把自己的脸压在纱门上。和所有人家一样，豪泽家也有自己的气味。它闻起来有一股褐色肥皂、熨烫衣物和油地毡的味道，让人透不过气来。

"西特罗妮拉！"加妮特再次喊道。这一次西特罗妮拉回应了，她咚咚咚地跑下楼梯，刘海儿在额前扇动。

"我在楼上太奶奶的房间里，"她解释说，"加妮特，上来吧，她在给我讲她小时候的故事呢。"

加妮特脱下满是泥巴的雨鞋走进屋里。她挂好雨衣，跟在西特罗妮拉后面，光着脚爬上楼梯。

西特罗妮拉的太奶奶艾伯哈特太太已经很老很老了。在房子前面有间小屋，里面放满了她亲人的照片。因为上了年纪，她变得瘦小而轻盈，坐在摇椅里，就像一片树叶。她的腿上盖着一块红色的针织毯，她喜欢明亮的色彩，尤其是红色。

"是的，"她告诉两个孩子，"我一直喜欢红色，当我还是一个小姑娘的时候，我们总是自己给衣物做染料。秋天里，我们采集漆树的浆果，将它们煮沸，然后把布料泡在里面，但是最后完工时出来的颜色总带些棕色，不是我们想要的那种红色。我总是非常失望。"

"那时候我们这个山谷是什么样子的？"加妮特问道。

"哦，那时还是一片荒野呢。"艾伯哈特太太回答，"除了我们家，另外只有一户人家住在这里。布莱斯维尔是离我们最近的小镇，有近五公里远，那也只是一个小地方。我们干活很辛苦，什么都得自己做。我们家一共有十一个孩子，我是倒数第二个。

男孩们要帮父亲耕地、照顾农场，女孩们要帮母亲打黄油、烤面包、纺线和做肥皂。夏天里，当我们还是小家伙的时候，我们总是躺在父亲的麦田里，每个人手里拿着两块瓦片，每当有乌鸦飞来，就一起拍打瓦片。有时候鹿也会跑来，我们不得不把它们吓跑。不过，我们经常跑到河边，躲在灌木丛中，看它们来喝水。鹿是非常美丽的动物，只是近三十年来我再也没有见过一只。

"是的，那时这里还是一片荒野，到处是树木和开阔的田野，几乎没什么道路。我父亲常常骑着一匹名叫'公爵夫人'的栗色母马去布莱斯维尔。有时候如果我乖一点儿，父亲也会带我去，我坐在他身后，两手抱住他的腰。哦哦，他真是个大个子，搂着他就好像抱着一棵大树一样。我们常常到天黑才动身回家，和父亲一起骑马穿过浓密黑暗的树林对我来说是件大事，就好像是一次冒险。

"那时候，这里还有印第安人。我经常和姐姐马蒂一起睡在一张带轮子的小床上。白天它被推到我父母睡的大床下面，晚上我们把它拉出来放到一个角落里。从我们睡觉的地方能看见隔壁房间，那里烧着炉子。哦，那时冬天可真冷。常常大雪一封山就是几个星期，我们只能整日整夜地烧着炉子。我记得我穿了三双羊毛袜和很多很多层的法兰绒衬裙，看起来一定很像一棵倒立的大白菜。哦，在那些寒冷的夜晚，马蒂和我要去睡觉的时候，总会朝隔壁房间看上两眼，炉火和影子在那里摇曳着，不停地变着样子。然后，突然间，我们看见前门开了。'看，马蒂，'我轻声喊起来，还捏了一下她，'他们又来了。'我很害怕，浑身起鸡皮疙瘩，马蒂抓着我的手。果然，门被大大地打开，印第安人像猫一样静悄悄地走进来，有时是一个或两个，有时会有十来个。他们戴着毛皮帽子，穿着鹿皮衣服，我们能听到他们在我们温暖的屋子里，躺在炉火边打呼噜和叹气。我们从来没见到过他们离开，我们睡着了。天还没亮，他们就出去了。可我们总是能发现他们留下的一件礼物，那是作为睡在我们炉火边的报酬。有时候是一块鹿的腰腿肉，或者几只可以炖着吃的兔子，有时候是一只篮子，或者一袋粮食。我记得有一次他们留下了几双鹿皮鞋，其中有一双是给小孩子的，我穿着正合适。哦，那双鞋真舒服，鞋头上还缝着珠子，真是漂亮极了。穿坏的时候，我差点儿哭了。"

"我希望我也有一双，"加妮特说着，扭了扭她光光的脚趾头，"我只喜欢穿那种鞋子。"

西特罗妮拉正躺在地板上，给家里的马耳他猫挠痒痒。那只猫把两只爪子折在身子底下，舒服地打着呼噜。

"太奶奶，给我们讲讲您那次不乖的故事吧，"西特罗妮拉说，"就是您十岁生日的时候。"

艾伯哈特太太笑起来。"再讲一遍？"她问道，"哦，加妮特还没听过，是吧？我告诉你呀，加妮特，那时我是一个非常任性的小孩，我总是一意孤行，别人一惹我我就大发脾气。嗯，那时布莱斯维尔只有一家商店，是一家百货商店——"

"它叫埃利·根斯勒大百货店。"西特罗妮拉插嘴道，这个故事她已经烂熟于心了。

"是的，"艾伯哈特太太说，"没错。埃利·根斯勒是一个瘦高个男人，就像没长下巴一样，但是我们都很喜欢他，因为他对我们非常好，不管我们什么时候去，他总会给我们糖吃。在他的店里有你能想到的任何东西：马具、杂货、论码卖的棉布、糖果、鞋子、书本、工具、帽子、粮食和饲料，还有珠宝和玩具。那真是一个奇妙的地方。我父亲常常拿他开玩笑，'埃利，'他会说，'你什么时候开始卖牲畜和火车头呀？'

"埃利的玻璃柜台里有一只珊瑚手镯，我想它是一个仿制品，但我觉得它是我见过的最漂亮的东西。它是用珊瑚珠子做成的，中间还挂着一个心形的珊瑚。我想要它胜过世界上的一切。我唯一拥有过的首饰是用花楸果和玫瑰果穿起来的。我惦记着那只手镯，念念不忘。每次我去布莱斯维尔，我都不敢走进埃利的商店，生怕它已经被卖掉了。最后埃利对我说：'好吧，那只手镯值一块钱，但是既然你那么想要它，而且这么久了，它也没卖出去，我就给你打个折，五毛钱卖给你吧。'

"'噢，谢谢你，埃利，'我说，'等我有了五毛钱，我就来买它。'

"当时是五月初，一直到八月底我才存够了钱。我的陶瓷储蓄罐里本来已经有一毛五分钱了。我记得那个储蓄罐是蓝白色的，样子像一只木鞋。我努力干活儿，还做额外的家务，好多赚一点儿。我常常去除草，独自一人照看整块西瓜田，父亲每卖出一个西瓜就给我一分钱。我的生日是八月二十七日，父亲答应我到我生日那天他就带我骑上'公爵夫人'去布莱斯维尔，然后我就能买那只手镯了。

"哦，生日终于到了，那是夏末晴朗而炎热的一天。我清楚地记得这一天，好像就在上周一样。我十岁了。吃过早饭，我做完了家务，来到门外。父亲正在牲口棚前给'公爵夫人'上鞍具。哦，我真是高兴极了。我把五毛钱包进一块手帕，一摇它就叮当响。

"'我要换一下衣服吗，爸爸？'我问。

"我父亲看着我。'今天不用了，范妮，'他说，'今天我没法带你去了，我得去霍奇维尔办点儿事情。'

"我一句话也没说就转身走进屋子。我帮母亲和姐姐们洗衣服，为午餐从菜园里采摘蔬菜，帮忙切菜做饭。但是饭我一口也咽不下去。一股怒气在我身体里面膨胀，我感觉自己快要爆炸了。饭后，我和弟弟托马斯提着两个小桶到树林里去采黑莓。我越想越生气，泪水一个劲儿地涌出来，我什么也看不见，黑莓刺把我的衣服都勾破了。最后，我终于忍不住了。我把我的小桶丢给托马斯。

"'你采吧，'我说，'我现在要去布莱斯维尔买我的手镯了。'

"托马斯瞪大眼睛看着我，'你怎么去呀？'他问。

"'走着去，'我说，'如果你敢告诉别人我去了哪儿，我会拿鞭子好好地抽你一顿！'

"可怜的托马斯，他的嘴巴大大张着。那时他才六岁。我应该知道不能将他一个人扔在那里！但我是一个调皮的、没心没肺的姑娘。

"我走呀，走呀。天非常热，路上全是灰尘，我的脚上起了水泡。但是每走一步我口袋里的钱就打一下我的腿，让我想起那只手镯。终于到了布莱斯维尔，我直奔埃利·根斯勒的百货店。

"'埃利，我来买手镯了，'我说，'我终于攒够买手镯的钱了。'

"埃利奇怪地看着我。'哎呀，范妮，'他说，'我以为你不会来了呢。一周前我把手镯卖给米内塔·哈维了。'

"真是太让人受不了了。我一下子趴在柜台上哭了起来，哭得心都要碎了。埃利觉得非常过意不去。

"'哎，范妮，'他说，'别哭了。我把这个玛瑙小链坠用同样的价钱卖给你吧，这个更划算呢。或者你更喜欢那条蓝色珠子项链？'

"但是我不要，除了那只珊瑚手镯，我什么都不想要。

"最后我停止了哭泣，擦干眼泪，告诉埃利，天晚了，我必须回家了。我想埃利肯定没想到在那个时间我要独自赶回家，否则他是不会让我走的。他给了我一根棒棒糖，拍了拍我的肩膀。

"'别太在意那只小手镯了，'他说，'下次我去霍奇维尔，或许能为你找到一只一模一样的呢。'

"哦，太阳就要落山了，我加快了步伐。路两边的树林又黑又密，而且越走越黑，周围除了蟋蟀的叫声，一点儿声音也没有。我边走边哭，为自己感到委屈。唉，我真是又失望又疲惫啊。

"大概走了四分之三的路程时，我发现路上有人向我走来。那时天真的很黑，虽然星星出来了，但还是很难看清楚。一开始我想藏到路边，但是我转念一想，方圆几里每个人我都认识，没什么好怕的。直到走近了，我才发现那个男人是个陌生人。他胳膊下面夹着一个包裹，穿着一件鹿皮夹克，就好像印第安人的穿着一样。

"'晚上好。'我走近他的时候，很有礼貌地问候他，并没有停下脚步。

"'哈啰，小姑娘，'那个男人说着，伸出手一把抓住我的手臂，'你这么着急是要去哪儿呀？'

"'回家，'我回答，尽量让自己听起来不害怕，'请让我走吧，我赶不上晚饭了。'哦天呐，哦天呐，我想，我为什么不和托马斯待在一起啊？

"'晚饭，'那个男人说，'要是你没有晚饭吃会怎么样？要是你吃了上顿没下顿又会怎么样？'他更紧地抓住我。'也许你的口袋里有几分钱，可以给一个饥饿的男人买点儿东西吃吃？'

"'哦，我有，我有！'我喊着，从口袋里拿出打了结的手帕，递给他。'这里有五毛钱，'我说，'你可以全部拿去。'然后我抽出手臂，像风一样逃跑了。

"我不敢回头看，一路上我都觉得好像能听到那个男人嘲笑我的声音。

"我跌跌撞撞地冲向家门，上气不接下气，满脸通红地闯了进去。

"'范妮！'母亲叫道，'托马斯在哪里？'

"'托马斯！'我说，'他不在家里吗？'

"'他不在家里，'母亲回答，'你们俩让我担心死了。男孩们刚刚出去找你们了。托马斯在哪里？你在哪里把他弄丢了？'

"'哦，妈妈，'我说，'我让他一个人在那儿采黑莓。'然后我大哭起来，把整个事情都告诉了她。

"我的两个大哥哥，乔纳森和查尔斯，带着两个提灯去找托马斯。查尔斯还带上了他的短枪。

"我来到屋外，坐在门柱旁，望向山谷。不久，月亮爬上来了。我记得那是一轮圆月，真正的秋天的满月。雾气从河流上方升起来，所有的小池塘都如烟似雾。一只猫头鹰在树林里的某个地方不停地叫呀叫。我还听到了狐狸的叫声。在那个时刻，我想世界上没有比我更悲惨的孩子了。我想到，哦，托马斯，我为什么把你一个人扔在树林里，只为了一只我没有得到的愚蠢的手镯？

"我觉得自己在那儿坐了好几个小时。当我看到哥哥们的提灯在树林中闪烁的时候，我的衣服都被露珠打湿了，我的牙齿也打起战来。

"母亲从屋子里走出来，朝他们喊道：'托马斯和你们在一起吗？'

"感谢上帝，托马斯和他们在一起！他们发现他在沼泽地那里，就是现在的克拉杜克农场附近，正哭着鼻子转悠呢。但即使他迷了路，心里又害怕，他还一直非常小心，不让一粒黑莓从桶里掉出来！

"我蹑手蹑脚地回到屋里，脱下衣服，爬进带轮子的小床，躺在马蒂的身边，她睡得正香呢。过了好一会儿，我听到'公爵夫人'踏上水塘木桥的马蹄声，那是父亲从霍奇维尔回来了。那座桥总是发出雷鸣般的声音。

"父亲进门后，我听到母亲把我的事情都告诉了他。

"'哦，可怜的范妮，'他说道，'我不会再对她多说什么了，

看起来这一天已经够她受的了。'

"这是真的。我觉得自己就像受过一顿鞭打。

"这就是在我十岁生日时发生的事情。"

加妮特站起身来，单腿蹦跳着。她没注意到，自己的腿都麻了。

"哦，我真希望您能得到那只手镯，"她说，"这是我听过的最糟糕的生日故事，我觉得您父亲没有遵守他的诺言，他做得不对。"

"不，他做事一向妥帖，"艾伯哈特太太说，"后来的那个圣诞节他给了我一个小盒子，你猜里面是什么？"

"我知道，"西特罗妮拉得意扬扬地说，"里面是一只珊瑚手镯！"

太奶奶兴奋地说："和埃利卖给米内塔·哈维的那只一模一样！我简直不敢相信自己的眼睛。'爸爸，'我叫起来，'您从哪里得来的？'你们知道吗？我父亲在好几周前，也就是我生日的那天就在霍奇维尔买了这只手镯。他在一个商店橱窗里看见了它，他对自己说：'这只手镯和范妮很想要的那只一模一样，我给她买这个，她就可以留着她的五毛钱买别的东西了。'当然，在他回家后听说我惹了那么多麻烦，就决定等到圣诞节时再给我了。"

"您还留着那只手镯吗？"加妮特问。

"没有，现在没有了，"艾伯哈特太太回答，"直到我长成大姑娘，我都一直戴着它，然后有一天，我从井里打水，当我伸手从辘轳上拿水桶的时候，手镯突然断了。所有的珠子和那颗小小的红心都掉进了井里。我亲耳听到了它们掉进水里的声音。"

她长长地叹了口气，然后又打了个哈欠。

"去吧，孩子们，"她说，"我想我该打个盹了。回想那么多年前的事真叫我发困，想想看，都过去七十多年了呢。我还是同一个我吗? 有时候，我觉得那些事情好像都发生在别人身上。"

加妮特和西特罗妮拉踮着脚尖下了楼梯。

"西特罗妮拉，我真希望我也有一个太奶奶，"加妮特羡慕地说，"我只有一个奶奶，而且她还住在远远的德卢斯，我从来都没见过她。"

"我的太奶奶非常好，"西特罗妮拉满足地说，"她给我讲了很多很多故事。只是她一直在睡觉，不知道为什么，老人家都这样。等我老了，我每天晚上都不睡觉，直到我死。"

她们两个来到厨房里找东西吃，在蛋糕盒里发现了一块巧克力蛋糕，在陶罐里找到了几块小甜饼。这是豪泽家最美妙的地方：厨房里总是恰好有一块蛋糕，还常常会有一盘醋味糖果，饼干筒也从来没有空的时候。也许这就是豪泽家的人大多是胖子的原因吧。

加妮特告别西特罗妮拉，走到屋外，发现雨已经停了。午后的阳光透过薄雾，散发着黄晕的光，每一片树叶和花瓣上都挂着澄澈的雨滴，山谷里每一片树林中都能听到灰头斑鸠轻柔的叫声。加妮特看见一条蛇如画中缎带般在湿漉漉的蕨类植物下穿过。她还看见一条毛毛虫在毛蕊花的花茎上爬行，它的绒毛上沾满了水珠。还有一只蜗牛，伸出触角尽情地享受着雨水所带来的润泽。

加妮特想，过去在这样的时节，只有印第安人才会来到这里，看到蛇、毛毛虫和蜗牛。他们穿着鹿皮靴轻轻地走过草丛，将接骨木花花瓣上的雨滴碰落下来。

当一个身穿流苏鹿皮裙的印第安女孩一定很有趣。加妮特看见草丛中有一根长长的、湿答答的乌鸦羽毛，就把它捡起来插在自己的头发上。然后她猫着腰，模仿想象中印第安人走路的样子，踮着脚尖往前走。

突然一阵大笑把她吓了一跳，她抬起头来看见杰伊正趴在牧场篱笆上。

"你为什么弯着腰走路？头上还要插根破羽毛？"他问道，"你看起来像一只闹肚子的小母鸡。"

加妮特觉得自己像个傻瓜。她摘下羽毛，心中决定晚一点儿再将明信片给杰伊。

然后她去了牲口棚，父亲在那里，她把那封看上去很重要的信交给了他。她想知道信里到底说了什么，便就近靠在一头奶牛身上，看着父亲急匆匆地打开信封，看着他的目光在那些打印出来的字行上快速地来回移动。然后，他笑了。

"加妮特，"他说，"我们再也不用担心这个旧牲口棚会砸到我们头上了，我们要盖一个新的。因为政府要给我们一些贷款了！"

# 第三章

# 石灰窑

　　加妮特一边打哈欠，一边啪的一下将面包片盖在最后一个火腿三明治上，然后把它和其他三明治一起用一条湿毛巾包了起来。哈欠还没打完，她突然闭上了嘴巴，心里想，如果晚上要熬夜，现在可不是打哈欠的时候。她看向窗外，燕子高高地飞在半空中，正是时近傍晚的迹象。她还看见杰伊在牧场上，手里提着牛奶桶。

　　加妮特举起手臂，越举越高，直到感觉全身肌肉像绷紧的橡皮筋一样。然后她拿下了咖啡壶，这是一个玛瑙制成的很大的咖啡壶，壶盖上还有个缺口。它能装很多咖啡，足以叫父亲在烧窑的时候一夜不打瞌睡。

　　石灰窑终于点上火了，它已经连续烧了三天三夜，烧出来的石灰要用来盖一座漂亮的新牲口棚。石灰可以用作水泥，也可以用作灰泥，还可以当刷墙涂料。

　　这座石灰窑在一片三公里远的浓密树林里，它是一个圆锥形的大烤炉，背靠着山而建。豪泽家的两个大男孩整天都在那儿，不停地往炉火里添木柴，到了晚上，加妮特的父亲和弗里博迪先生就去替换他们俩。木柴必须每十分钟或十五分钟往里添加一次，中间不能间断。巨大的圆木必须被轻轻地推进去，以免碰坏窑里面架起来的石灰石。每个夜晚，加妮特都乞求父亲带她一起去，现在父亲终于答应了。

她把大咖啡壶和其他东西一起放在桌子上，那只大咖啡壶就像一位统帅整支队伍的准将。对加妮特来说，厨房的大部分东西都有自己的个性：茶壶的壶盖那一圈儿就像在微笑，还会像小猫一样打呼噜；闹钟叉着腿站着，头上的小铃铛就像戴了一顶帽子；加妮特还常常觉得火炉就像是一位等着她出错的高大老妇人，当她把东西煮沸了溢出来时，老妇人就轻蔑地发出嘶嘶声来嘲笑她。

加妮特轻轻地哼着，用自己都觉得很奇怪的声音。屋子里非常安静。父亲在楼上睡觉，自从他一大早从窑上又累又脏地回来，就一直在睡觉；母亲带唐纳德去河边呼吸凉爽的空气；杰伊在牧场上挤牛奶，因为已经没有牲口棚给奶牛住了。

加妮特从蛋糕盒里拿出一块苹果派，用蜡纸把它包了起来。熬夜肯定是件很有趣的事。她一分钟也不想睡觉，但是母亲还是坚持要她带上一条毯子，以防万一。到半夜里，她会把咖啡热上，所有人会一起享用一顿夜宵。

杰伊吹着口哨走进厨房。"我要去喂猪了。"他说着，提起一个带盖的木桶，摇晃着又出去了。一会儿，加妮特就听到那些猪发出像妖精一般急切而贪婪的尖叫声。

加妮特有一个特别的小盘子，里面装满了专门给提米吃的最好的剩饭。她端起盘子，出门向猪圈跑去。提米变聪明了，它不再和它那些粗鲁的家人们一起抢食吃，而是在猪栏边等候加妮特。在加妮特的照顾下，它长得更好看了，一看到加妮特，它就发出愉快的哼哼声。加妮特希望它看到自己就像它看到午餐一样高兴。她看着它狼吞虎咽地吃完午饭，然后两只耳朵兴奋地抖动着，一只小巧的蹄子踩在了盘子中央。

"到了冬天，我会每天都给你吃鱼肝油，"加妮特告诉它，"我敢打赌，到明年夏天你会成为一只非常漂亮的大猪。也许你能在集市上赢回一根绶带呢。"

提米从空盘子前转过身，在一个凉爽的泥坑里躺下来，心满意足地打起了呼噜。加妮特也回到了屋子里。

那个又旧又倾斜的牲口棚已经不在原处，这让人感觉怪怪的。上周，父亲、杰伊和弗里博迪先生一起把它拆了。当拆到只剩下一副骨架的时候，父亲在一根柱子上绑了一根粗壮的绳子，绳子的另一头则拴在拖拉机上。然后父亲奋力开动拖拉机，直到随着一声巨响，整副骨架轰然倒塌，黄色的尘土如云朵般从地上升起。

没有了曾经的牲口棚红墙的阻挡，现在加妮特的视线可以越过果园和牧场，一直看到小河边。那里堆满了木材和从采石场开采回来的石灰石。石灰一准备好，他们就马上开工造房。

加妮特瞥了一眼钟表，快六点了，该准备晚饭了。她往炉灶里添了更多的木柴，把大水壶装满了水，然后带上一个篮子去菜园里，去摘一些生菜和黄瓜。

持续的雨水使菜园一片生机勃勃。瓜田里西瓜的叶子连成了绿色海洋，西瓜就像海洋中的小小鲸鱼。半山坡上的玉米则像是插着羽毛饰物、举着旗子的游行队伍。

加妮特私下认为，开着花的蔬菜就和花园里的花一样漂亮。秋葵开着奶油色的花，花心是深红色的，就像蜀葵一样。茄子花就像紫色的星星。快要结籽的洋葱头上顶着一个镶着蕾丝花边的花球。而南瓜藤繁茂得像一片丛林，深绿色的叶子盖在硕大的橙色花朵上。

加妮特跪下来用刀割生菜，一只大癞蛤蟆气呼呼地跳开了，逗得她哈哈大笑。她又采了一些黄瓜，然后爬上山坡，在那里她遇见了从河边回来的母亲和唐纳德。

唐纳德的背带短裤屁股上黑了一块，因为他之前坐在泥地里了。他的肩上扛着一根小小的钓鱼竿，但是他没有钓到鱼。

"不足为奇，"母亲说，"他总是不停地拉起钓竿，看看有鱼上钩没有，鱼儿根本就没时间去咬钩。"

"下次我会带上一把枪，把它们通通都打死。"唐纳德闷闷不乐地说。然后一路回家，他的小嘴里铆足了劲儿不停地发出"突突突""砰砰砰"的声音。

吃过晚饭，杰伊和加妮特向母亲道了别之后，就和父亲一起钻进了福特汽车。从杰伊还是一个小宝宝的时候，家里就有这辆车了。它又高又窄，看上去很老旧。坐在里面就像坐在一个宝座上，也像坐在摩托艇上一样。它呼哧呼哧地以每小时二十四公里的速度行驶，但听起来却像时速八十公里一样。

两个孩子和父亲一起坐在前排，野餐用具、毯子和外套都堆在后座。

薄暮时分的山谷里充满了蓝色的雾岚，农场人家的窗户里透出点点白色灯光。

夜晚的空气中弥漫着上百种气味。加妮特像小狗一样抬起鼻子使劲地闻。很多卷心菜烂在菜园里，他们的车子经过时，她不禁屏住了呼吸。但是玉米田的味道非常美妙，天黑了以后，它就有了一种白天你从来不会注意到的特殊味道，完全不像是玉米，闻起来奇怪而辛辣，就好像教堂里的熏香。路边水沟中的肥皂草在暮色中闪耀着微弱的亮光，散发出浓郁、香甜的气味。

加妮特觉得自己像在冒险一样，开心极了。此前，她还从来没有在家外面过过夜呢，杰伊倒是去过两次密尔沃基和一次芝加哥。

他们从公路上下来转进了一条满是车辙的小路。福特汽车颠簸着跳跃着摇晃着，后面的咖啡壶盖子像非洲手鼓一样叮咚作响。现在他们两边都是树木，头顶上方合拢的树叶挡住了最后一丝光线，突然空气变得静止，周围一片黑暗。

很快地，透过树丛他们看见了石灰窑发出的明亮火光。"很好！"父亲说，"炉火已经冒出来了，这是我待在这里的最后一晚了。"

他们在一块空地的边缘停了下来，下了车。弗里博迪先生的旧卡车和豪泽家的新卡车停靠在附近。

豪泽家的两个男孩，西塞罗和默尔，向他们跑过来。他们的脸上有一道一道灰，看上去很疲惫。

"哎呀，真高兴看到你们，"西塞罗说，"今天这里真是热得要命，但是石灰窑表现不错。"

他们爬进卡车，道了晚安后离开了。

加妮特着迷地盯着石灰窑：一个巨大的炉子，顶上敞着口，白色和紫色的火焰像是给它加上了一顶冠冕。铁门被烧得红通通的，就像龙的眼睛一样发着光。

"看，加妮特，"父亲解释说，"当火烧到最热的时候，窑里的石灰石就被烧熟了，顶上的火焰就会像这样冒出来。这就是我们说的'烧透了'的意思。"

弗里博迪先生正坐在一根圆木上看报纸。他是一个小个子、安静的男人，嘴唇上留着浓密的小胡子，即使他睡着了，那胡子也像是醒着正看着什么东西一样。他的狗梅杰趴在他的脚边打瞌睡，时不时地抽一下身体，仿佛正在追逐一只梦中的兔子。

每十到十五分钟，父亲和弗里博迪先生就用一根铅管拨开石灰窑的铁门，金属相碰发出的铿锵声划破了林中夜晚的寂静。每当父亲和弗里博迪先生蹒跚着抬起大圆木往里送的时候，加妮特都有几分钟的时间观看炉子那火红而明亮的炉心。

加妮特非常喜欢这里。她在离石灰窑不太远的一棵大稠李树下铺开毯子，将野餐用具摆在上面，将杯子挂在旁边灌木的树枝上，把土豆埋在从石灰窑中耙出来的热灰里。

杰伊也非常忙碌。他帮忙添木柴，还帮忙把发着红光的铁门拨开。

不时地，附近农场的邻居因为看到林中石灰窑发出的火光，就过来看看，和他们聊上一会儿。老石匠亨利·琼斯也过来了。他在这个山谷里住了八十来年了，他至今还记得将他全家从利物浦越洋带到这里来的那艘大帆船。他也仍然记得那辆骡子拉的马车，带着他们来到这个父亲已经安顿下来的地方。他父亲将手艺传授给了他，后来他成了本地最好的石匠。但是现在他很老了，坐在一个树墩上，半睡半醒地看着石灰窑顶上的火光。

"烧窑这种事情我这辈子大概看了成千上万次了。"他告诉加妮特。

随着天色越来越晚，人们渐渐散去，最后只剩下他们四个。或者五个，如果把梅杰也算上的话。

加妮特坐在稠李树下的毯子上，看着杰伊和父亲他们往窑里添木柴。在石灰窑所在的光亮范围和声响以外，树林蔓延开来，看起来比白天更高耸更幽深。树林里真是安静！但当她凝神倾听的时候，它又并非那么安静。这里至少有十多种声响：猫头鹰咕咕叫，树叶沙沙响，远处沼泽地里的一只夜鹰叫呀叫呀，似乎永远都不会停下来。还有每一处，头顶上、脚底下、身边，她都能听到昆虫们发出的细小声音。但是所有这些声音混合起来就变成了一种安静。

加妮特想："我只躺下来一会儿，不睡着。"

在羽毛般的树枝间隙中，她看见了星星。突然有一颗星星带着一条燃烧着的尾巴划过天空，她马上许了一个愿。然后尽管她自己不愿意，但还是闭上眼睛，睡着了。

石灰窑的铁门发出的响声吵醒了加妮特，在随后的寂静中，她坐了起来，揉了揉眼睛，听到几里开外的布莱斯维尔的法院大楼敲响的钟声。她数了数，一共有十二次响声——清晰而又动听。她从来没有在半夜里醒着听钟敲十二响！

她起身将咖啡和水倒进大壶里，然后爬上山坡上的一条窄路，它通向石灰窑的窑顶。她将大壶放在煤块上，尽可能地靠近窑顶的火苗。

她下来后，将土豆从炉灰中耙了出来。它们烤得很好，外皮都黑了。

杰伊的下巴上画了一道煤灰胡子。"天呐，我饿坏了。"他说。

"我也是，"加妮特说，"我从来没有在半夜里吃过饭。"在这个时间，食物应该会别有风味吧，她想。

咖啡煮好了，她把咖啡壶和压得歪歪扭扭的火腿三明治一起放在餐布上。大家都没说什么，他们只是坐着，就着闪烁的火光，吃掉每一样东西，几乎连一点儿面包屑都没留下。

当加妮特拿出苹果派时，弗里博迪先生假装晕了过去。

"还有吃的！"他哼唧着，"我一口也吃不下去了。"不过他还是吃了两片。

吃过东西，加妮特再次在树下躺下来。露水降了下来，她在身上裹了一条毯子，不知为何，那条毯子有股被油煎过的味道，还有一点儿樟脑的味道。父亲和弗里博迪先生用低沉的嗓音在谈论政治话题和饲料的价格问题。杰伊坐在一根圆木上，手里削着一根小木棍，他努力让自己显得不困倦，假装在听大人们聊天。

梅杰突然叫起来。整个晚上它都没发出任何声音，表现得非常乖巧，只有在面对火腿三明治时才有些急躁。

但是现在它站立着盯着黑乎乎的灌木丛咆哮，脖子上的毛全都竖了起来，叫声难听极了。

# 第四章

# 陌生人

"你看见什么了,梅杰?"弗里博迪先生问,"那是什么?一只臭鼬?"

他们都朝梅杰死死盯着的暗处看去。

这时,那里传来一阵树叶哗啦啦抖动、枝丫被折断的声音。在这么深的夜晚,谁会躲在这么浓密的树林里?加妮特感觉浑身都起了鸡皮疙瘩。在那一刻,她真希望自己是在家里,正安安全全地躺在自己的床上。

梅杰最后发出一阵吓人的、带着挑衅意味的狂吠,然后往前冲去,弗里博迪先生立刻跳了起来。这时树丛被分开了,一个人出现在大家面前。

加妮特狂跳的心平静了下来。这只是一个小男孩,不会比杰伊大,谁也不用害怕。

"安静,梅杰。"弗里博迪先生命令道。"孩子,你从哪里来?"他问这个新来的孩子。

这个男孩似乎有什么问题。他弯着身子走路,往前一个跟跄,差点儿摔倒在地上。

"对不起。"他说着，抬起头来看着环绕他的这群人惊诧的面孔，咧开嘴笑了。

"我闻到了咖啡的香味。我敢说它就在近两公里处！我就跟着我的鼻子一直到了这里。老天，当我看见你们的炉子，还以为整个树林都着火了呢。"他紧张地舔了舔嘴唇，"你们觉得……可不可以……我是说，我能喝一点儿咖啡吗？"

加妮特不知道男孩子能不能喝咖啡，但她还是跑去帮他倒了一些。

"孩子，你有多久没吃东西了？"她听到弗里博迪先生继续问。

男孩回答："从前天开始。"

"哦，天呐！"站在她身边的杰伊惊呼起来，"两天！看在上帝的分儿上，快给他一些苹果派吃吧。另外，三明治还有剩余的吗？"

"你想想，光你自己就吃了四块，"加妮特提醒他，"梅杰清扫了所有的面包渣。不过他还有几个土豆和一个苹果派可以吃。"

杰伊摇着头："天呐，整整两天没吃任何东西！"他无法想象这种事情，对他来说，一日三餐是必不可少的，饭量还要有成人的一半。

那个男孩不仅吃光了所有摆在他面前的东西，还迫不及待地喝掉了浓浓的黑咖啡。然后他露出了笑容："我想我又活过来了。"

加妮特的父亲开始问他各种问题："你几岁了？"

"十三岁，"男孩回答，"但如果有某些需要，我会冒充十五岁。"

"这么晚了，你在树林里干什么？"父亲又问。

"对。你从哪里来？我以前从来没有见过你。"弗里博迪先生严肃地说。

"我在搭车旅行，"男孩说，"今天下午我什么车都没搭到，只搭上了一辆运草马车。我饿得有点儿头晕，垛得高高的干草又是那么柔软，我就睡着了。等我醒来的时候，发现自己被扔在某片荒地上。赶马车的伙计在牲口棚给马解了套，然后就完全把我忘了。哦，那时已经是晚上了，我去敲那伙计的门，把他从睡梦中吵醒了，他有点儿恼火，所以我没能向他要点儿吃的。他告诉我可以横穿这片树林，然后就能回到大路上。我想我可以跳上一辆卡车什么的，晚上公路上总是会有很多卡车。但是我迷路了，然后我就闻到了咖啡味，我一心想的就是快点儿到咖啡味传来的地方去。"

"再喝点儿吧。"加妮特说。

"不用了，谢谢，"男孩说，"我该走了。我想赶上一辆卡车。非常感谢你们给我食物。"他站了起来。

"等一下，"加妮特的父亲说道，"我想你最好再告诉我们一些你自己的事。也许我们能帮助你。"

一丝阴影掠过男孩的脸庞。看得出来他并不太愿意讲自己的事，但他还是坐了下来。

"你叫什么名字？"弗里博迪先生问。

"我叫埃里克·斯旺斯特罗姆。"男孩说完，紧紧地闭上了嘴巴。

"你的家人在哪里？"弗里博迪先生坚持问。

"我没有家人，"埃里克说，"就是有，我也不知道他们在哪儿。"他抬起头，"我就一个人，过我自己的日子。我不想让人们觉得必须要照顾我，我也不想去孤儿院。我自己照顾自己已经有一年了，以后的日子就这么过也没什么不好。我喜欢这样。"

"行，行，"弗里博迪先生说，"不过一个陌生的男孩半夜里从树丛中走出来，然后吃掉了我们所有的苹果派，我们总有权利了解一些他的情况吧！"

埃里克叹了口气，不情愿地开始说起来。

"我们家来自瑞典，"他说，"我妈妈在我一岁的时候就死了，从那以后都是我爸爸照顾我。他在明尼苏达州买了一座小农场。那里很漂亮，我至今还记得那里的景象，很多大树，还有一条能涉水而过的小溪。我们有三头奶牛和两只山羊，日子过得很不错。直到有一天我爸爸摔落在一根干草叉上，他的手受了伤。受伤之后他得了败血症，他病得太厉害了，无法走八公里的路到镇上去找医生。我那时只是一个四岁的孩子，我也没法去。我们没有电话，最后我爸爸让我到最近的农舍去求助，那里的人们到镇上找来了医生。但是太迟了，我爸爸失去了一条手臂。在那之后他不能干农活了，我们就把农场卖了，搬到了纽约。爸爸想，对一个残疾人来说那里可能有更多的机会。他买了一个书报摊。那是一个小亭子，就像一个盒子一样。它一边是敞开的，前面放了一个架子，上面放着报纸、巧克力和口香糖之类的东西。我们也卖杂志，我爸爸总是想要一个更大的地方，夏天的时候可以卖姜汁酒和可口可乐。我长大一些后，就常在那儿帮忙。那里面正好能容纳我们两个，再加爸爸的一张凳子和一个冬天用的小油炉。冬天那里真冷得要命。我们的书报亭靠近一个地铁入口处，晚上很多人下班回家，我就站在前面，用尽全力大声叫卖：'晚报！来这里买晚报！'一天晚上，一位穿着大衣的大个子男人停下来问我几岁了，我告诉他我七岁，然后他就说我必须去上学。所以那之后我就每天去公立学校上学。但是周六和整个暑假，我都去帮爸爸的忙。周日下午我们把店门关了，一起去公园或者动物园，或者去乘轮渡。我们过得很快乐。但是一年前我爸爸病了，他去世了。"

杰伊和弗里博迪先生站起来去给石灰窑里添柴，但是现在那个男孩看来不想停下来了，他继续讲给加妮特和她父亲听。他很瘦，太瘦了，两只耳朵张开着，在背后火光的映照下，就像两枚粉色的贝壳。

"我们居住的公寓女房东对我真的非常好，她告诉我，我暂时还可以住在那儿。但是我知道我爸爸有一个叫纳尔逊的堂弟住在俄勒冈州，我们在明尼苏达州的时候，他曾经和我们一起住过，我爸爸一直很喜欢他。我想也许我可以和他住，在他的农场上干活，所以我就给他写了一封信。卡迪太太，我们的女房东，让我等到回信再说，但是我想等书报摊一卖掉就尽快离开那座城市。书报摊卖掉后，大部分的钱都付了账单，所剩无几。卡迪太太给了我坐公交车的钱，足够我穿越整个国家。

"但是我没怎么坐公交车，我把钱省下来买吃的，然后搭车赶路。晚上我睡在干草堆里和旧牲口棚里。有一个下雨的晚上，我一整晚都待在路边一个空的排水管里。我花了三个星期的时间到达俄勒冈州，当我来到斯莱尼维尔，我爸爸的堂弟居住的地方时，邮局里的人却告诉我，几个月前他就卖了他的农场，搬到别的地方去了。他们也不知道他搬到了哪里，没有人知道。我几乎问遍了所有认识他的人。"

加妮特坐在那儿，下巴靠在膝盖上，看着埃里克，听着他的故事。她努力想象睡在空水管里的情形，雨不停地在上面敲打，湿气从两头涌进来。她很想知道，像埃里克那样在世界上无依无靠是一种什么样的感觉。没有妈妈，没有爸爸，没有兄弟，没有屋顶，没有床，一半的时间没有食物，害怕的时候没有安慰，不乖的时候没有责备，这一切她都无法想象。

"那之后你做了什么呢？"她问道。

"哦，那是夏天，"埃里克说，"一个伙计雇我为一家罐头工厂摘西红柿。那时天热，我总是能在一些大农场找到采摘的活儿。我赚了足够的钱吃饭，给自己买了鞋子和工装裤，当我有一点儿多余的钱，我就继续搭车旅行直到钱用光，然后就再找一份工作。当人们问起，我就说要去纽约到我的家人那里去。这部分也是事实，我觉得回东部找工作日子会更好一些，而且如果我真的遇到了麻烦，我可以回到卡迪太太那里，她会帮助我渡过难关。但是除非万不得已，我不会走到那一步的。如果他们继续问个不停，我总是想办法转移话题。那时我不想让别人打扰我。现在我不这么想了。"他皱起了眉头。

"没关系，孩子，"弗里博迪先生重新坐下来，"没有人想要打扰你，他们自己也有够多的麻烦。"

"是的，"埃里克抱歉地说，"不管怎么说，我想那些需要采摘的东西我全都采摘过了：俄勒冈州的西红柿、草莓、甜瓜，犹他州和科罗拉多州大农田里的甜菜，还有夏日各地果园里的苹果、梨和桃子。秋天，我在堪萨斯州和密苏里州给玉米剥皮。有些雇主对人非常大方，大家很乐意为他们干活。但有些人跟垃圾一样，心肠很坏，不付给我们工钱，吝啬得连水都舍不得给我们喝。我遇到了各种各样的人，各种各样的孩子，有些孩子和我过一样的日子。我和他们打架，也因此交上了一些朋友。我经历了一些好日子，也经历了坏日子。我没怎么挨过饿，不过有时候，比如今晚，我就饿得不轻。

"冬天更加艰难。我大多数时候待在镇上，在午餐车和餐厅里做洗碗工。如果不小心打碎了盘子，我就得自己赔，不过没多久我就很熟练了，但是我这辈子都不想再看到煎鸡蛋了。我曾为一个修路队搬运沙子和水，我也在修车厂打过零工，在那儿我学会了开车，学到了很多关于汽车的知识。

"在堪萨斯城里，我买了一个擦鞋工具箱，每擦一双鞋一毛钱，但是那里的警察问了我好多问题，我害怕了。我遇到的几个像我一样的流浪儿告诉我，如果我够机灵的话，就可以搭上货运火车长途旅行。所以我就卖了擦鞋箱，带上一些巧克力和几个橘子，趁夜晚来到了火车站。铁轨上停着一辆货运火车，其中有一节车厢门没关。我爬了进去，藏在一个大木箱后面。过了很长时间，我敢打赌有两三个小时吧，有人过来关上了车厢门，火车开动了。我不知道我在里面究竟待了多久，因为里面一片漆黑，我一直在睡觉。我有很多吃的东西，但是没有水，我渴极了。

"最后，在一个晚上，我醒了过来，很惊讶周围怎么如此安静。接着我就知道火车停了。车厢门打开了，月光照进来。我估摸这是我偷偷溜走的时机，我想这个时候火车应该是停在东部的某个地方。当我慢慢移动到门口的时候，听到有两个男人在外面的站台上说话，我想他们是不是永远都不会离开了。其中一个人告诉另一个他牙疼了一个星期，另一个伙计则说他应该把那颗牙拔了。但是那个男人说不要，他宁愿疼痛也不愿拔牙。天呐，我想他们永远都不走了。但是过一会儿他们离开了，我就溜了出来，我感觉自己就像一个老头一样浑身僵硬。当我觉得够安全了，可以到处看一看的时候，我先看到的是覆盖着白雪、在月光下闪闪发光的大山。你们猜我这是到哪儿了？"埃里克抬起头笑了，"就在科罗拉多，兜了一圈又回来了。我真不知道说什么好。"

"然后呢？"杰伊问道。他的眼睛里闪着兴奋的光芒。加妮特看得出来他很羡慕这个男孩独立的生活和各种冒险。她可不羡慕，不过对他的勇气和进取心除外。

"之后的日子非常糟糕，"埃里克说着，再次皱起眉头，"我不喜欢回忆和谈论那段日子。不过我还是挺过来了，我总是能挺过来！"

夜已经很深了，炫目的火光和浓郁的阴影为这块地方赋予了一种奇特的氛围，让人觉得在这个时候，发生任何事情都不足为奇。

"听着,"加妮特的父亲突然说道,"你看起来挺有见识,也许我可以雇你在我的农场上干一段时间。我在建一座新的牲口棚,尽管杰伊是一个很好的帮手,但是我想如果有两个男孩而不是一个来帮忙的话,工程的进展会快得多。你愿意试一试吗?"

埃里克的脸亮起来,"我很乐意,"他答道,"我会像牛一样地干活,我发誓我会的。"

"我会付你工钱,"加妮特的父亲说,"你也会有地方住,有饭吃。"

"身边有另一个男孩真是太棒了。"杰伊说。

三个兄弟?加妮特想她是否喜欢这样。她相信她会的,但是也不能十分肯定。不管怎么说,家里接纳一个从树林走出来的陌生孩子,总是一件令人兴奋的事。

她觉得累了,就悄悄回到稠李树下的毯子上面,留下那些男人继续交谈。巨大而黑暗的夜空笼罩在她头顶上,夜晚的那些声音渐渐消失了。这是世界上最寂静的时刻,好像万物都小心地屏住了呼吸,静候白日来临。

当她一觉醒来时,周围一切东西都打上了重重的露水。太阳那第一道红光照射在潮湿的大地上,使之焕发出彩虹般的色彩。石灰窑的火光变得苍白、微不足道,在白日的光线中十分暗淡。

旁边杰伊和埃里克睡得正香,父亲和弗里博迪先生在一棵树下打盹,弗里博迪先生鼾声如雷。除了加妮特,只有梅杰是醒着的。它闻到了一种新的香味,正循着香味,迫不及待地穿过草坪，一边摇着耳朵一边嗅来嗅去。

"梅杰！"加妮特压低嗓门喊道。狗儿摇着尾巴向她跑过来，把它那黑而凉的鼻子放在她的手心里。它的毛都被露水打湿了。

她起身把新鲜的咖啡倒进壶里，然后又沿着那条窄窄的小路爬上窑顶。回来的路上，她停了下来，好奇地看着埃里克。她想，他和他们同住一阵也许是一件很棒的事。他的上嘴唇短短的，圆圆的鼻头向上翘起，这使他即使在睡梦中都带着一种倔强的神情。她知道那闭着的眼睑下面是一双聪明清澈的眼睛。是的，那是一张可爱的脸，就是太瘦了。他整个人都太瘦了，锁骨像晾衣架一样撑着，尖尖的腕关节从过短的衣袖中突了出来。

她的注视把他弄醒了，他突然睁开眼睛，整张脸一下子生动起来，眉毛因为困惑而拧了起来。

加妮特笑起来，"我不危险，"她解释道，"不用怀疑，我是加妮特·林登，你要和我们一起回家，和我们一起生活，你爱住多久就住多久。还记得吗？"

"天呐，一时间我还以为那是一个梦。"埃里克放松地叹了一口气。

弗里博迪先生被自己的一阵震天动地的呼噜声吵醒了，他很不好意思地一下子站了起来。

"刚才差点儿睡着了。"他说道。

加妮特看着埃里克，埃里克也看着加妮特。他们的嘴巴抽动着，拼命地忍住笑。他们憋坏了，其中的乐子只有你知我知。突然间他们知道彼此成了朋友。

七点钟时，他们听到了近两公里处豪泽家的人开着卡车来了。默尔和西塞罗感觉很不错，用五音不全的嗓音唱着歌。

　　"这俩小伙儿都不是当歌星的料。"弗里博迪先生说道。歌声越来越近，也越来越难听了。

　　回家路上，杰伊和埃里克坐在后座上，加妮特和父亲坐在前排。两边绿色的田野迅速向后退去，远处山谷中浓密的树林上方升起一股淡淡的烟雾，它表明石灰窑仍旧在燃烧。"这是一个多么令人难忘的夜晚！我永远不会忘记的。"加妮特对自己说。

　　福特汽车艰难地爬上回家的斜坡，摇摇晃晃地开进大门，抖动了一下才停了下来。

　　加妮特的母亲从屋里出来，迎接她那被熏得黑乎乎的一家人。她看起来精神焕发、面色红润，她身边的唐纳德一尘不染，因为他才起床十分钟。

　　加妮特的母亲大笑起来。

　　"你们看起来像烧炭工人和扫烟囱的。"她叫道。然后她注意到了埃里克，"这是谁？"

　　加妮特把埃里克推向前。他的肩胛骨就像是一对翅膀。

　　"这是我们家的新成员，"她说，"他叫埃里克，他是在半夜里出现的。"

　　林登太太可是三个孩子的母亲，几乎没有什么事能让她受惊了。

　　"进来吧，"她说，"早餐有薄煎饼。你们一边吃，我一边了解情况。"

加妮特去洗脸洗手。

"我有一位好妈妈，"她想，"我的家人真好。"

知道自己属于他们，他们也属于自己，这让她感觉安全又温暖。不，她不羡慕埃里克，一点儿也不羡慕。

水槽上方一面灰暗的镜子照出她的脸，把她吓了一大跳。脸被熏得黑黑的，脸颊上还有四道黑印子，那是她的手摸过的地方。

空气中散发着美味的煎饼的味道。加妮特把水往脸上和脖子上不停地泼呀泼，然后又用肥皂搓了又搓。她闭着眼睛摸到了毛巾。她迫不及待地要回到她的家人中间，去吃薄煎饼了。

# 第五章

# 图书馆历险记

随着时间过去，农场里看起来没有埃里克不会干的活儿。他对锤子和锯子的使用非常拿手；他会挤牛奶、赶马车和开拖拉机；他精通园艺，对脱脂机和马具了如指掌；他还常常能预知第二天的天气；他帮老亨利·琼斯凿厚石板，好用作牲口棚的地基。除此之外，他还会拿大顶、翻跟头、像鱼一样游泳、用七种不同的姿势跳水；他会谈论远方的事情、他见过的人和他的历险记；他甚至吃得都比杰伊多。他真是太棒了。

大家都喜欢他。但是过了一阵，加妮特却开始感觉有点儿孤单，杰伊总是想要和埃里克在一起，他再也不和她一起玩了。两个男孩整天一起干活儿，傍晚的时候一起去河里游泳，或者去桥上钓鱼。当加妮特也想一起去的时候，杰伊总是拦阻她，他说："你最好还是不要去了，我和埃里克有话要说。"

现在她常和西特罗妮拉一起玩。埃里克帮她们在牧场上的一棵大橡树的树枝间造了一间树屋。他为她们做了一把小梯子，顺着它就能爬到离地近两米高的第一根树枝上。在树一半高的地方，他们搭了一个带栏杆的平台，然后又在笼罩其上的大树枝上铺了些木板条和枯树枝作为屋顶。这个树屋对两个女孩来说足够大了，她们俩常常在那里待上几个小时。风吹着她们，欧椋鸟在头上的枝叶间叽叽喳喳地叫着。刚开始的时候，她们觉得这件事非常有趣，冒着摔断脖子的危险，将一把旧椅子搬了上去，连续一周每天都在上面吃午餐。但是渐渐地，新鲜感完全消失了。

八月初的一个灰蒙蒙的下午，她们俩坐在树屋里，加妮特琢磨着玩一些新的花样。她说："我们来讲故事吧。西特罗妮拉，你先讲，因为这是我想出来的主意。"

这真是那些很无聊很无聊的日子中的一天，没有发生任何有趣的事，一切都不对劲。在这种日子里，你会重重地踢到脚趾头，丢失东西，忘了你妈妈叫你在商店里买什么东西。加妮特一直忍着大大的哈欠，心里盼望发生点儿什么事情：一场地震，或者从马戏团里逃出来一只土狼。什么事都行！

"来吧，西特罗妮拉，讲一个故事吧。"她命令道，然后自己在地板上躺下来，双腿舒服地搁在一根树枝上。

西特罗妮拉叹了口气，开始讲故事。"嗯，"她说，"从前有一个十六岁的美丽姑娘，她的名字叫梅布尔，她非常富有。她太有钱了，家里的地窖里装满了金条。她独自一人住在山上的一座大砖房里。我是说，尽管她雇了一个女孩和一个男人，但是她却没有任何家人。"

"他们在哪儿？"加妮特问。

"死了。"西特罗妮拉回答，"哦，除了金条，她还有成百上千条项链和手镯，它们都是用绿宝石、钻石和蓝宝石做成的。每天她都穿着缎子做的白色裙子。她有一辆只能装下她一个人的小汽车，还有一只会说话的狗。”

“继续！”加妮特嘲弄道，“我还从来没听说过狗会说人话呢。”

“这只狗会说话，它是一只法国贵宾犬，所以它说的是法语。”

“什么是法国贵宾犬？”加妮特将信将疑地问道。

“噢，那是来自法国的一种狗。”西特罗妮拉含糊地摆手说，“别打岔，不然我说不下去了。喔，梅布尔还有一个游泳池，一架小小的金子做成的钢琴，你猜猜看，她还有什么！她还有一间屋子，里面有一个冷饮柜。它有各式各样的龙头：一个出草莓汽水的龙头，一个出香草汽水的龙头，还有出巧克力、菠萝和枫糖汽水的龙头。讲到这些我都饿了。”

“我也是，”加妮特同意说，“接着讲吧，她发生了什么事呀？”

“有一天她开着她的小汽车出去兜风。她在一条空无一人的路上开呀开呀，开了很长时间，这条路的两边长满了树。天变黑了，她才掉转车头，想要回家。这时她看见一个穿得破破烂烂、可怜巴巴的老头站在路边。他看上去非常伤心，又非常疲惫，一把大胡子里沾满了带刺的草籽。她停下车，问道：‘老人家，发生什么事了？’老头回答：‘我走了很远的路，我饿了。我想找些东西吃。’所以梅布尔就说道：‘到我车上来吧，我带你回我家。’老头就上车了。”

“但是，你之前说车子只够一个人待在里面。”加妮特反驳道。

“哦，对，他是站在车门下的脚踏板上的。回到家，她就带他来到冷饮柜那里，给他做了一个枫糖果仁圣代、一个巧克力软糖圣代，还有一份草莓冰淇淋。吃完这些东西，老头感觉好多了，然后他说：'看着我，梅布尔。'梅布尔就看着他，突然间他变成了一个英俊的年轻人。'天呐！'梅布尔喊道。然后他告诉她，他本来是一个非常富有的王子，一个女巫把他变成了一个老头，并且说，直到有人向他行善，他才能变回去。接着他就向梅布尔求婚，梅布尔说她愿意，从此他们就过上了幸福的生活。"

"然后呢？"加妮特问道。

"没有然后了，"西特罗妮拉说，"他们就永远过着幸福的生活。"

加妮特叹了口气说："你总是讲那些大人恋爱的故事。我喜欢小孩子的故事，还有野生动物和探险家的故事。"她突然站了起来。"我知道该做什么了。我们到镇上图书馆去看书吧。现在还早，而且天也快要下雨了。"

西特罗妮拉迟疑了一两分钟，因为她不想走那么远的路只为了读一本书。但是加妮特确信她们一定能搭到车，很快就把西特罗妮拉说服了。

真是非常幸运，她们一走出大门，就看到弗里博迪先生的卡车沿着大路朝她们哐啷哐啷地开过来。她们挥着手喊叫，弗里博迪先生停下车，打开车门让她们上去。他正好要去镇上买饲料。

"如果您不介意的话，我们更想待在外面。"加妮特说。然后两个女孩爬进卡车后面的车斗里，两手抓住驾驶室的顶部站在那里。

这样坐车非常好玩，因为一上高速公路，弗里博迪先生就开得非常快，强劲的风吹着她们，加妮特的马尾辫在后面直直地飞起来，西特罗妮拉的刘海像篱笆一样齐根竖了起来。她们觉得自己的鼻子快被吹扁在脸上了。当她们开口说点儿什么的时候，风就把她们的话全都吹走了。

"我觉得自己就像船头的某种东西，"加妮特喊道，"一个船头人像！我想它是叫这个。"

西特罗妮拉从来没听说过船头人像这种东西，向她解释清楚非常困难，因为所有话都必须喊出来。风呼呼地吹着，弗里博迪先生的卡车动静也非常大。如果嘴巴张得太大，一些飞得慢吞吞的甲虫就很容易被吞进嘴里。

她们看着卡车像卷尺一样吞下平坦的缎带般的公路，灰色的布莱斯维尔小镇迎面而来。没错，是它，一切都和往常一样：带着塔楼和镀金穹顶的法院大楼、加油站、刷着红色油漆的火车站。还有埃尔森太太那晾衣绳上飘着衣服的黄色住宅，通常那都是大码的衣服，因为埃尔森太太和她丈夫都是大块头。医生家的女儿奥珀尔·克莱德正在她家门前的人行道上拍球，小格茨用一辆儿童小拉车拉着他的小狗。加妮特和西特罗妮拉站在车上堂皇地从他们身边经过，还朝他们挥了挥手。弗里博迪先生将车开到农业局门口，卡车发出一两声嘶哑的声音，然后就平息了下来。两个女孩跳下卡车。

"你们两个小姑娘到时候要怎么回家呢？"弗里博迪先生问道。

"噢，我们也许会走回去。"加妮特回答。"或者搭别人的车回去。"西特罗妮拉满怀希望地补充道。

她们谢过弗里博迪先生，就来到了大街上，走过铁匠铺、药房和邮局。邮局的橱窗里有一张布告，上面写着："大好坞女士们的年度野餐盛会将在下周日进行。期待您的到来，欢迎大家光临！"看着这个布告，加妮特咯咯笑起来，她脑海中仿佛出现了一个画面：一群穿着裙装、身体像一个巨大气球的生物在树底下吃着三明治。她当然知道"大好坞女士们"指的是住在"大好坞"地区的女士们[1]，但是它听起来还是那么好笑。她们继续往前走，经过了一家满是草帽和工装裤的商店、一家鞋店和一家甜品店。甜品店里一架机械钢琴发出的声音非常难听，就像在一个锅炉厂里弹奏手摇风琴一样。

最后她们来到了位于小镇近郊的图书馆，这是一座老式结构的建筑，掩映在枝叶浓密的枫树林中，离大路稍有些距离。

加妮特很喜欢图书馆，里面有一股好闻的旧书的味道，还有很多很多她没读过的故事。图书馆管理员派特兰小姐坐在一张面对着大门的大桌子后面，她是一位友善的女士，稍微有点儿胖。

"下午好，西特罗妮拉。"她微笑着打招呼，"下午好，露比。"

派特兰小姐总是把加妮特叫成露比。布莱斯维尔有太多小姑

---

1. "大好坞"的英文是 Big Hollow。Hollow 还有空的、空洞、中空的意思。气球的里面是空的，所以加妮特会有这样的联想。（本书注释均为译者注）

娘的名字和珠宝一样，很容易让人弄错。这里有露比·施瓦茨、露比·哈维、露比·斯莫丽、珀尔·奥里森、珀尔·舍恩贝克尔、贝丽尔·舒尔茨和小奥珀尔·克莱德。[1]

加妮特和西特罗妮拉用指尖划过一册册书的书脊，直到两人都找到了自己想读的书。然后，她们在一扇大窗户旁的座位上坐了下来。这个座位在两个高大的书柜中间，书柜里装满了又大又旧的书籍，看上去好像有五十年的时间没有人打开过它们了。

加妮特拿了一本《丛林故事》。西特罗妮拉则发出一声愉悦的感叹，然后开始读一个奇妙的故事，来自一本名叫《奥尔加公爵夫人》或《蓝宝石印章》的小说。

随着人们进进出出，图书馆的纱门几度发出吱嘎声，紧跟着是砰的一声关门的闷响。这里，孩子或者大人都根据自己的兴趣来选书。老妇人寻找关于钩针编织的书，男孩们想看有关联邦特工的小说。有一会儿，雨打在两个女孩旁边的窗子上，但是她们几乎没听到。加妮特的心随着白海豹科蒂克跑到了千万里之外，它正游弋在宽广的海面上，为它的家族寻找一个安全的岛屿。而西特罗妮拉则置身于一个舞厅，在盛装出席的漂亮女士和绅士们的中间，头顶上是一百盏枝形吊灯。

加妮特看完了《白海豹》，接着读《大象们的图梅》，中间她

---

1. 在英语中，露比（Ruby）意为红宝石，珀尔（Pearl）意为珍珠，贝丽尔（Beryl）意为绿宝石，奥珀尔（Opal）意为猫眼石。

抬起头来，伸了个懒腰。"哦，好安静啊，"她低语道，"我想是不是很晚啦。"

"我们到这儿还没多少时间呢。"西特罗妮拉不耐烦地说。她正读到这本书中最令人兴奋的地方——奥尔加公爵夫人正被人用绳子从一个巨大的悬崖上吊下来，麻烦的是抓住绳子的那个男人并不喜欢公爵夫人，他打算随时让她掉下去。西特罗妮拉觉得最后会是大团圆的结局，但是她不太能确定。

一直到加妮特又看了一遍《里基－蒂基－塔维》，奥尔加公爵夫人也早在几页前就被营救，并且安全地回到了舞厅当中时，天开始暗下来了。

"'心怀叵测'是什么意思呀？"西特罗妮拉问，但是加妮特也不知道。

"哎，这里真安静啊，"她接着说，"我去问一下派特兰小姐现在几点了。"她消失在书柜后面。

"加妮特！"紧接着，她大声喊起来，"派特兰小姐走了！所有人都走了！"

加妮特从窗边的座位上跳起来。这是真的，一个人都没有了。她们跑到门口，但是门被紧紧地锁上了。后门也被锁上了。沉重的玻璃窗好像有几年都没被打开过，它们牢牢地嵌在窗框里，就像用水泥封住了一样，根本不可能被打开。

"好一个夜晚！"西特罗妮拉咕哝道，"我们被锁在里面了！"她差点儿要掉眼泪了。

但是加妮特却感到很兴奋。

"西特罗妮拉，"她正式地说，"这是一场历险。像这样的事一般都只发生在书本里面。我们可以把它讲给我们的孩子和孙子孙女听。我希望我们整晚都待在这里！"

"哦，天呐！"西特罗妮拉抽泣着喊道。她真心希望自己没有读过《奥尔加公爵夫人》这本书，它太吓人了，她一点儿勇气都没了。如果她选了一本情节平和的书就好了，比如关于寄宿学校女生或者其他什么的，她就不会像现在这样害怕了。突然间她又想到一件吓人的事，马上停止了哭泣。

"加妮特！"她喊道，"你知道今天星期几吗？星期六！就是说我们要在这里一直被关到后天。我们会饿死的！"

加妮特的兴奋劲儿消失了。在这里要待这么长时间就太糟糕了。

"我们敲窗子吧，"她建议道，"也许有人会来。"

她们用力地敲玻璃，用最大的嗓门喊叫，但是图书馆离街道有点儿远，而且浓密的枫树林将她们的声音几乎全都吞没了，因此布莱斯维尔的人们安安稳稳地吃着晚餐，一点儿声音都没听到。

渐渐地，暮色渗进房间。书架看起来又高又严肃，墙上的画——钢板雕刻的《拿破仑在厄尔巴岛》和《华盛顿横越德拉瓦河》也一样严肃。

图书馆里没有电话，也没有电灯。这里有煤气灯，但是加妮特和西特罗妮拉一根火柴也找不到。她们翻遍了派特兰小姐的桌子，但是那里全是些没用的东西，比如档案卡、橡皮章、橡皮筋和缠绕整齐的小线团。

西特罗妮拉一把抓住文件架间隙中的一块巧克力。

"不管怎么说，我们不会马上饿死了，"她说，她的情绪好转了一些，"如果我们吃了它，我想派特兰小姐不会介意的，你觉得呢？"

"我们出去以后可以为她买一块。"加妮特说。她们俩分了巧克力，站在离街道最近的窗边，悲伤地嚼起来。

暮色更浓了。

"那是谁？"加妮特突然喊起来。她们看见一个暗暗的、小小的身影走在图书馆门前的水泥人行道上，正慢慢地靠近她们。这个人看起来好像一直猫着腰。

西特罗妮拉高兴地敲击窗子，"那是奥珀尔·克莱德，她在拍球，"她说，"喊呀，加妮特，大声喊使劲敲吧。"

她们俩又喊又敲，但是奥珀尔害怕地看了一眼黑乎乎的窗子，然后沿着小路一溜烟逃走了，根本没有上前来看看是谁在发出这些声音。

"你觉得她会告诉别人吗？"西特罗妮拉急切地问。

"哦，她一定觉得这里在闹鬼，"加妮特板着脸说，"如果她真这么说，也许没有人会相信她。"

她们满怀希望地观望着。布莱斯维尔街道上所有的路灯都突然亮了，但是只有一点儿微弱的光能透过枫树叶照进来。两个女孩听见汽车来了又走的声音，还有后院里孩子们模糊的喊叫声。她们又敲又喊，直到嗓音嘶哑，指关节疼痛不已。但是没有人来。

过了一阵，她们就放弃了敲打和喊叫，又回到了窗边的座位上。

房间里现在非常黑，到处是黑影，奇怪而陌生。夜幕一降临，这里仿佛就醒了过来，仿佛就开始呼吸，正警觉地等待什么事情发生。到处有轻微的吱嘎声和沙沙声，还有老鼠轻快奔跑的声音。

"我不喜欢这里，"西特罗妮拉低声说，"我一点儿也不喜欢。我自己的声音都能吓着我，我不敢大声说话。"

"我也是，"加妮特喃喃地说，"我感觉所有这些书都活过来了，它们都在听。"

"我在想，为什么我们的家人不来找我们啊。"西特罗妮拉说。

"他们不知道我们在这里，正是这个原因！"加妮特回答，"他们甚至不知道我们到了镇上，我们也没告诉弗里博迪先生我们要到图书馆里来。"

"我希望我从来没学会阅读，"西特罗妮拉叹着气说，"我希望我是一种动物，这样就不用接受教育了。"

"做一只美洲豹也许很有趣，"加妮特表示同意，"或者一只袋鼠、一只猴子。"

"哪怕是一只猪，"西特罗妮拉说，"一只安全的、快乐的、睡在自己的窝里、和它的家人在一起的猪！"

"一只从来没见过图书馆，甚至不会拼写'猪肉'的猪。"加妮特补充道，然后咯咯咯笑起来。西特罗妮拉也咯咯咯笑起来。她们俩都感觉好多了。

外面，晚风吹着树木。一棵枫树伸出细细的手指刮擦着玻璃窗。但是里面封闭而安静，只能听到在所有的老房子里都能听到的那种细碎而神秘的声音。

加妮特和西特罗妮拉挤在一起低声说话。她们听到法院大楼的钟敲了八次，又敲了第九下。但它敲第十下的时候她们俩都睡着了。

将近午夜，她们被一阵响亮的敲门声和喊叫声吵醒了。

"谁？那是什么？我在哪里？"西特罗妮拉恐慌地叫起来，加妮特的心也怦怦地跳着，她说："在图书馆里，记得吗？有人在敲门。"

她在黑暗中往前跑，不知什么东西擦伤了她小腿的皮肤，手肘也被撞得生疼。

"谁在那里？"她喊道。

"是你吗，加妮特？感谢上帝，我们终于找到你了，"一个声音响起，毫无疑问那是弗里博迪先生的嗓音，"西特罗妮拉和你在一起吗？好的！你们俩的父亲为了找你们搜遍了小镇。快开门！"

"但是我们被锁住了，弗里博迪先生，"加妮特喊，"派特兰小姐有钥匙。"

"我去拿，我去拿，"弗里博迪先生激动地大声说，"你们等着。"

"除了等着，我们什么都做不了。"西特罗妮拉生气地说。她刚醒来的时候，总是气呼呼的。

才过一会儿，她们就听到门前走道上传来一阵急促的脚步声和说话声，接着是钥匙在锁孔中转动的可爱的声音。派特兰小姐头上的帽子歪在一边，冲了进来，将她们抱在怀里。

"可怜的小家伙！"她喊道，"以前从来没有发生过这样的事情，我总是在锁门前确保每个人都离开了。我也不明白我怎么把你们俩落下了。"

"没关系，派特兰小姐，"加妮特说，"这是一次历险。我们还把您的巧克力吃了呢。"

加妮特的父亲、弗里博迪先生和豪泽先生都进来了，他们都呼喊着。

"你们俩真的都好吗？"豪泽先生急切地问。几年来，他胖胖的、和善的脸第一次看上去这么苍白。

"爸爸，我们都很好，"西特罗妮拉说，"但是我们都饿坏了。"

"我去打电话给家里人，"弗里博迪先生自告奋勇，"这样他们就不用再担心了。你们最好带两个小姑娘到午餐车那里去找点儿东西吃，这个时间只有那里还开着门。"

午餐车在铁路边，加妮特和西特罗妮拉以前都没去过。那里充满了黄色的灯光、雪茄烟味和浓烈的食物香味。这么晚去那里，吃着煎鸡蛋三明治和苹果派，把刚发生的事讲给每个人听，真是一件非常美妙的事。

"是的，先生！"弗里博迪先生从门口走进来，"你们别被蒙蔽住了！坐在那里的可不是两个小姑娘，而是两条大书虫，看书看得连家都不回了。你们俩是打算就此永远住在图书馆里了吗？"

每个人都大笑起来。

"没错，"加妮特对西特罗妮拉耳语道，"我还真希望他们到早晨才找到我们呢。这样我们就可以告诉我们的孙子孙女，我们曾经在公共图书馆里待了整整一夜！"

# 第六章

## 旅行

八月，那些漫长的白日里有好多活儿要做。牲口棚很快就有了样子，它一定会很漂亮。弗里博迪先生时不时地在牲口棚前停下来，摇着头。

"噢，这一定是一座漂亮的牲口棚，"他满怀憧憬地说，"就像一个漂亮的大姑娘。"

热气腾腾的空气中充满了锯子和锤子的声音。当男人们在牲口棚那里忙活的时候，加妮特和母亲则忙着家务和菜园里的活儿。现在正是菜园里大丰收的时节，其出产之丰盛和快速，让人很难跟得上。刚摘完豆角，就该收割南瓜了，南瓜黄灿灿的，形状就像打猎的号角。刚收割好南瓜，又该摘豆角了。接着你不得不快点儿，再快点儿，抓紧时间从沉甸甸的藤蔓上摘下熟得快要裂开来的番茄，准备装罐头。然后就要挖甜菜和胡萝卜了，这之后又得摘豆角了。

"豆角长起来永远都没完没了！"加妮特的母亲抱怨道。

玉米每天都要采摘。走在一排排散发着香气、叶子沙沙作响的玉米中间，让人心旷神怡。还有那些西瓜！加妮特用手指敲击那些又大又结实的绿皮西瓜，看它们熟了没有。有时候她故意让一个西瓜掉到地上，西瓜就会裂开来，玫瑰红色的瓜瓤就像冰一样凉爽。然后她就啃着西瓜回家，一路汁水滴滴落落，她时不时地吐出黑色瓜子儿，感觉过瘾极了。

还有装罐头！哦，那些收获苹果、桃子、番茄、黄瓜、李子和豆角的日子，那些将它们又剥皮又切块的日子！那又是几个星期的活儿。厨房里充满了水蒸气，整日都飘着天堂般的香味。炉子上架着水壶和大桶，窗台上倒立着一排排五彩缤纷的玻璃罐头，烫得让人摸不上去。

罐头才装到一半，打谷脱粒的时间又到了。

几个星期之前，林登先生就已经把燕麦收割下来了。加妮特帮杰伊和埃里克把一捆捆的黄色燕麦堆成了垛子——六捆黄色的燕麦头靠头地竖在一起，第七捆盖在上面，就像戴了一顶帽子一样。他们全部堆好后，田地里就星星点点地布满了燕麦垛，整个山谷里都是如此，看上去非常漂亮。现在燕麦都干了，可以脱粒了。

每年林登先生都会租用一天豪泽家的脱粒机。这意味着豪泽先生、西塞罗和默尔都会一起来帮忙，弗里博迪先生每次都会搭一把手，贾斯珀·卡迪夫和他的两个儿子也会从大好坞赶来帮忙。他们中间有些人会把他们的妻子一起带来，她们去帮助林登太太做饭，脱粒让人饭量大增。食品柜里已经有一些蛋糕了，五种不同的派静静地躺在餐布底下。几条新面包也准备好了。到正餐时间，还会有猪肉、豆角、高山一样的土豆泥和海洋一般的肉汤。玛瑙制的大咖啡壶会在炉子上咕嘟咕嘟地煮着。到十二点半时，所有的东西都会被一扫而光！加妮特还记得以前那些脱粒的日子。

一大早，加妮特就听到了拖拉机的轰鸣声和脱粒机上汽笛发出的嘟嘟声。她看向窗外，这两台机器正缓慢地穿过田野，往新的牲口棚开去。脱粒机有一个长长的脖子，就像恐龙一样。脖子的顶端有胡子一般的流苏，它能防止麦秸被吹得太远。这是一个细长而巨大的机器，上面满是轮子、传送带、管子和螺栓，看上去太复杂了，让人觉得不会很有效率。

等到加妮特做完家务来到门外时，脱粒机已经很好地开始工作了。

豪泽先生像国王一样坐在拖拉机座位上，拖拉机和脱粒机由一条快速转动的传送带连在一起。男人们把一捆一捆的燕麦投到一条传送带上，传送带有一些坡度，它将燕麦喂进脱粒机那疯狂吞吃着的大嘴巴中。这头猛兽的身体里面有一些神秘的程序在运行，它会将麦粒和麦秸分开来。麦粒被大风扫进一边的长管道里，长管道有两个出口。西塞罗小心地在出口上扎上麻袋，他刚扎好一个，另一个就又满了。麦秸和麦壳从恐龙脖子一般的管子里飞出来，金色的云朵般的灰尘充斥在空中。男人们卖力地干着，投麦捆，压麦秸，将一袋袋沉甸甸的燕麦拉到新牲口棚旁边的小谷仓里。弗里博迪先生高高地坐在脱粒机的前部，用方向盘操控着长脖子，将麦秸垛压得又高又结实，还很匀称。

"爸爸，我能做什么呢？"加妮特打着喷嚏，问父亲。飞舞着的麦壳把她弄得鼻子痒痒的，喉咙被堵住，有些还飞进了她的眼睛。她感觉浑身都发痒，但是这里很有趣，每个人都在快速而兴奋地干活，她想要自己也能参与其中。

"哦——"父亲一边想，一边说，"你可以帮西塞罗绑麻袋，或者把掉在地上的燕麦捆再扔上去。有太多的活儿你可以干的。"

西塞罗演示给她看怎么把麻袋绑在管道口上，然后再用一个金属夹把它夹紧；以及等一个袋子装满了，如何把一根控制杆推向另一个出口，这样燕麦就能落进那边的袋子里。他们必须快速工作，不然燕麦就会撒到地上浪费了。在咆哮着的马达声中，听着麦粒从光滑的管道中快速倾倒而下是一件很愉悦的事情。

加妮特在那里干了近一个小时，之后她就去帮忙把燕麦捆投掷到传送带上。杰伊在她旁边干活，他投着燕麦，大汗淋漓，累得直哼哼。他看上去很严肃，显得自己很重要，每当加妮特问他什么事情，他总是回答得非常简短。

后来，加妮特爬到了脱粒机的顶端去看弗里博迪先生干活。他的眉毛和大胡子里面沾满了麦壳，看起来就像一头浑身挂满了海草的老海象。

"我吞得下一头大象，"他告诉加妮特，"一头好吃的烤大象，上面撒些洋葱，再浇上棕色肉汁。说实在的，我觉得现在只有一头大象才能让我吃饱。"

加妮特大笑。"但是我们没有大象，"她说，"肉店老板不卖大象。不过我们有五种不同的派：苹果派、桃子派、蓝莓派、柠檬派和奶油糖果派！"

弗里博迪先生的眼睛闭了一分钟，然后叹了一口气，仿佛对他来说这些食物太丰盛了。

"除了烤大象，我最喜欢的就是派了。"他说。

在他们前面闪闪发亮的麦秸慢慢地堆得越来越高，最后就像一座由金线织成的小山一样。埃里克在麦秸山顶上走来走去，把它压实，然后用干草叉把它弄平。有时候他脚下失去平衡，就会跌进柔软的麦秸里面。每当这时，加妮特和弗里博迪先生就开怀大笑起来。

"在这里等一会儿，"弗里博迪先生突然说道，"那些男孩投送麦子不够快，我最好去帮他们一把。加妮特，你来操纵这个。我教你怎么操作。"然后他向她解释左边的方向盘能让大管道左右移动，右边的方向盘则能让它上下移动。

"您觉得我能行吗？"加妮特紧张地问。

"哦，它就像小宝宝一样乖，"弗里博迪先生说，"你让它干什么它就干什么。隔一会儿就拍拍它的脖子，然后像我教你的那样转动方向盘，它就会把那些玩意儿源源不断地吹出来，直到牛儿下山。"

尽管这样，加妮特仍旧觉得这事非常重要。她慢慢地把管子转到她认为的最好的角度，然后拉动绳子抬起那个小胡子一样的流苏，把麦秸吹到麦垛后面的地方。空气中全是麦壳和麦秸弄出来的金色尘雾，她的手臂和腿上盖了一层闪亮的粉尘。

埃里克爬下麦垛去喝水，脱粒机的马达正在咆哮着，轧轧作响，正午的太阳发出最强烈的光辉。加妮特感觉昏昏欲睡，于是她坐直了，努力睁大眼睛，试图哼上一曲，但是这些都无济于事。很快地，她的头低下来，意识慢慢地、奇怪地飘进了梦境。

"当心！"她身后有人大喊一声，她抬起头来，手一把抓住方向盘，迷迷糊糊地就这么抓着。是地震了？还是她晕了？因为现在金色的麦秸山自己在移动着。它正向她移动过来，高过她的头顶，突然它开始慢慢滑倒，接着快速倾倒在她身上，直到她被又干又扎人的麦秸完全吞噬，几乎喘不过气来。她这才明白过来肯定是麦垛头重脚轻，所以倒塌了。

埃里克马上跑过来救她，把她拉出来，拂去沾在她衣服上的麦秸。

"我太蠢了。"加妮特说。她觉得难堪极了。

"哦，别在意，"埃里克说，"这个工作应该由我来做的，我不该去喝水。我们一会儿就把它重新堆起来了。"

但是杰伊却皱着眉头朝她走过来。

"天呐！"他生气地说，"你真是弄得一团糟！你为什么不待在家里，帮妈妈做事呢？脱粒不是让女孩子来耍把戏的，快点儿回家洗碗去，那才是你该待着的地方！你拖累了我们整个工作。"

加妮特转过身，一路跑着，穿过炙热的田野。燕麦茬像小小的矛一样竖立在地上，刺痛她的光脚丫。蚂蚱在脚下飞蹦而起，像火堆上的火星一样飞溅四方。眼泪在她眼里打转，草地在她眼前就像金色洪流一样汹涌澎湃。

"可恶的杰伊！可恶，可恶，可恶！"她低声喊，"我再也不会像以前一样待他了。我讨厌他。"

哦，杰伊，你到底怎么了，她想。以前杰伊总是她最好的朋友，在很多事情上，他总是平等地对待她——嗯，是基本上平等地对待她。但自从埃里克来了之后，他就变得不一样了。想想看现在他是怎么对她说话的！就好像她是一个小宝宝，一个胆小鬼，或者一个他不喜欢的人。

她转身朝家里走去，爬上穿过菜园的小路。也许妈妈能让她好起来。

厨房里全是女人。豪泽太太和她的妹妹都很胖，她们俩结结实实地坐在长凳上。上了年纪的艾伯哈特太太在摇椅里摇着，摇椅发出吱嘎吱嘎的声音。两位卡迪夫太太正在水槽边忙活，唐纳德和卡迪夫家的一个小家伙喊叫着在地上爬来爬去。林登太太正拉开烤箱门，因为听到了什么话而哈哈大笑起来。房间里充满了女人们的说话声和小孩子的喊叫声。显然现在不是打扰母亲的时候，加妮特悄悄爬上楼梯，来到自己的小房间。屋檐下的房间里会非常热，但是至少这里很安静，没有人会来打扰她。她推开半掩着的门，然后愣住了。

在她的床上，躺着一个胖乎乎的小婴儿，那是豪泽家最小的宝宝勒罗伊，他正愉快地一个人玩着，嘴里发出咿咿呀呀的声音。他的脸蛋红扑扑的，露出两个小酒窝，长着一头金发，加妮特一直很喜欢他，但是除了今天。她冷冷地看他挥舞着小胳膊和小腿，傻笑着露出两颗牙齿，她觉得自己非常讨厌他。

"好吧！"加妮特严厉地对小宝宝说，"我自己家里都没有我的立足之地，他们也不让我在外面脱粒，我就走吧，就这样，我自己走开！"

她洗了脸，梳了头发，穿上一件蓝色的连衣裙和一双有搭扣的鞋。对光了一个夏天的脚丫来说，这双鞋又硬又不舒服。连衣裙的领子上上了一层浆，总是刮擦着她的脖子。尽管她一直不喜欢连衣裙，但还是一边抽抽搭搭地哭着，一边扣上那些难扣的小纽扣。她想，以前可能从来没有人这么难受过，也许以后他们会后悔的！

奶奶圣诞节时寄给她的那个闪闪发亮的手袋里，有五毛钱、一条新手帕和那枚她在几个星期前发现的银顶针，还有一瓶从打折商店买来的香水。她把手袋的提链在手腕上缠紧，心里在想要不要戴上帽子。她从衣柜里取出帽子，看着它，那是一顶黄色的用麦秸编成的帽子，帽顶向上鼓起。加妮特觉得它是那种童谣里的小猪会戴着去赶集的帽子。她戴了上去，照了照镜子。镜子里，她的鼻子红通通的，长长的乱糟糟的辫子从耷拉着的帽檐下露了出来。她生气地一把拽下帽子，把它扔在地板上。勒罗伊却好像很欣赏般地吹了一个大泡泡。

"哦，你这个小家伙！"加妮特抱怨道，"你为什么不待在自己家里，躺在你的婴儿床上！"

她穿着那双不舒服的鞋子，嘎吱嘎吱地走下楼梯，悄悄地溜过厨房。

"你要去哪里，加妮特？"在一片闹哄哄的女人们的声音里，母亲高声叫道，"午饭快做好了。"

"哦，我就出去一下，"加妮特含含糊糊地回答，"反正我也不饿。这里人太多了。"她关上身后的纱门，一点儿也不在乎自己刚才是否粗鲁无礼。没有人能猜到燃烧在她胸口的那团愤怒和失望的火焰。

她开始跑起来，鞋子在脚底下打滑。她不想任何人来阻拦她，这时候她看见弗里博迪先生正在田野中缓步而行。

"嗨！"弗里博迪先生喊道。但是加妮特假装没听见，她跑得更快了。

等她跑到公路上时，心中的怒气变成了一种兴奋的感觉。她没有计划好要到哪里去，但是埃里克那些搭便车的故事她仍然记得很清楚。不管怎么样我要试一试，她想着，在路边停了下来。他不是唯一的一个单独旅行和做事的人！

第一辆经过的小汽车里塞满了人，第二辆开过来的时候，她举起了手。小汽车慢慢停下来，但令她吓一跳的是，车里的人她全认识：派特兰小姐和她的老母亲，还有两位来自大好坞的笑眯眯的女士。

"那是小露比·林登。"加妮特听到派特兰小姐在朝她那耳朵不好使的母亲大声喊。"早上好，露比！你要搭车去布莱斯维尔吗？"

加妮特的确想要去那里。但是她的情绪很糟，感情又受到伤害，她只想远离那些她认识的人和熟悉的东西。更何况，客客气气地待在一辆小汽车里，坐在四位优雅的女士中间，算哪门子冒险呢？

"哦，不，我不去，谢谢您，"加妮特结结巴巴地回答，"我只是随便挥了挥手，没其他意思。"

"好吧，亲爱的，"派特兰小姐说，"天很热，对吧？"

是很热。热气在亮闪闪的路面上抖动，加妮特焦急地朝路上望着。一辆大跑车拐过弯道开过来，加妮特举起了手，但是这一次，它从她身边呼啸而过，甚至都没有减速。她感到自己受了冷落。

又有两辆小汽车和一辆卡车理都不理地呼啸而过，但终于有一辆破旧的黑色小轿车摇摇晃晃地在她身边停下来。"要搭车吗？"手扶方向盘的男人问道。他的妻子令人鼓舞地微笑着，她笑得很灿烂，还露出了一颗金牙。

"是的，请让我搭车吧。"加妮特感激地说道。她感觉自己就像一个探险家一样要踏上危险刺激的旅程了。

"小姑娘，你要去哪里呢？"这位女士问道。

加妮特一时慌了起来，不知道该怎么回答，但是她马上下了决心。

"去新康尼斯顿。"她坚定地回答。新康尼斯顿在近三十公里处。对从没见过更大规模的城市的加妮特来说，新康尼斯顿就像巴格达、桑给巴尔，或者君士坦丁堡一样规模宏大，富有魅力。它是一座建立在陡坡上的城镇，那里有有轨电车、百货商店和三家不同的折扣店，还有一家电影院、一个里面有喷泉的小公园和几门南北战争时期的机关炮。加妮特一共只去过那里三四次，但都不是独自去的。

"新康尼斯顿！"这位女士喊起来，"哦，我们不去那么远，我们只到霍奇维尔，但是你或许可以从那里坐大巴去。"

加妮特一个人坐在后排座位的中间，看着他们俩的脖子后面。男人的脖子瘦而结实，被太阳晒得黑黑的，上面沟壑纵横，就像一段干透了的老树皮，这是典型的农民的脖子。但是女人的脖子却胖胖的，白白嫩嫩，看上去很舒服，她戴着一根珍珠项链，后面有一个水钻做成的扣环。她还戴着一顶很常见的帽子。

这位女士向加妮特转过她那张粉色丰满的脸庞，好奇地看着她。

"在我看来，搭便车你还太小了，"她评论道，"如果我是你妈妈，我想我不会很喜欢你这么做。"

加妮特的脚趾在鞋子里不安地扭动着，她并不知道该怎么回答。

"哦，现在的年轻人很有冒险精神，"男人说道，"过去是这样，我猜，将来也一直会这样。我记得我小时候有一次走了二十三公里的路去看马戏，丢下我的活儿，说走就走了，没挤牛奶，没喂猪，也没和家里人说一声，因为我很想知道他们会怎么想。就是此刻我还记得那个马戏团帐篷的样子，所有的灯都点起来的时候，它看起来就像是一个生日蛋糕。我买完一张门票就身无分文了，没法买爆米花或者花生米。我没有吃晚饭就这样出走了，胃里空得就像捡破烂人的口袋一样。但是没关系，我看完了马戏团的演出，大象、穿着紧身衣骑马的女士和其他的一切。我回家的时候，天都快亮了，我的父亲等了我一夜。他拿起皮带来伺候我，这是我应得的，但是我从来都觉得挨揍也值得。"

加妮特也认为那很值得，但是她没说出来。

"完全不值得！"女士愤慨地说，"你母亲肯定担心得要疯了！"

加妮特决定转移话题。她确信如果这位女士知道情况的话，肯定不会支持她的行为。

"你们，你们住在霍奇维尔吗？"她问道。

"不是的，"女士答道，"我们住在深水镇，不过我们常常到霍奇维尔去。"

"她是一位歌手，"男人把头往他妻子那边靠了靠，解释说，"她是你听过的最好的女低音，她放声歌唱的时候，连炉灶都会颤抖。她一般在教堂节日时唱，还在县里的集会上唱。除此之外，她还洗衣服、做家务，她的针线活也做得非常棒。在去年的集市上她还赢得了两条绶带呢。真的。"

加妮特看得出来，他很为他的妻子自豪。她看到女士脸颊上的曲线更圆了，因为她正开心地笑着。

"哦，我真希望能听你唱一次，"加妮特说，"我还从来没听过女低音呢！"

"来吧，爱拉，给这个小女孩唱一首，"男人催促说，"放声唱，路上没人。"

"嗯，我们来看看，"女士拍了拍珍珠项链，清了清嗓子说，"来一首圣诗怎么样？"

"好耶！"加妮特叫道，"请唱一首《万古磐石》吧。"这是她记得的唯一一首圣诗。

女士突然开唱了。加妮特一把抓住了座椅边沿。"万古磐石为我开……"她唱道，加妮特终于理解什么叫"炉灶都会颤抖"了，她以前从来没听过这么有力的嗓音。它回荡在整个车厢里，在她耳中轰鸣，让她眩晕不已。歌声还飘出车厢，充满在夏日空气中。加妮特看见三个头发蓬乱的小孩坐在篱笆上，吃惊地张大了眼睛和嘴巴。她看见一个农夫放下了干草叉，睁大双眼盯着他们。她还看见几头奶牛不安又不解地抬起头来。有那么一会儿，她觉得那浑厚的声音能把她从车窗里吹出去。

歌声停了。女士充满期待地转过头来。

"嗯，你觉得怎么样？"她丈夫询问道。

"哦，太美妙了，"加妮特的声音非常微弱，"我从来没听过这么——这么大的声音呢！"

"没错，"男人同意说，"如果我们能把她声音里的能量捕捉下来，我敢打赌，它发出的电能照亮整个新康尼斯顿。"

霍奇维尔的第一排房子出现在眼前了。女士整了整帽子，看着加妮特。

"亲爱的，你准备好了吗？"她问道，"如果我是你的话，就在这里坐大巴。搭便车你永远都不知道会遇上什么样的人。你身上钱够吗？"

"有，我有很多。"加妮特回答，想着自己那五毛钱还一分没花出去呢。这么多钱，可以做一百种不同的事。坐公交车、冰淇淋可以吃到肚子痛、到折扣店买东西，甚至去看上一场电影！新康尼斯顿的梦境影院里也许正在上映一部西部片，她希望能看到万马奔腾、血流成河的场面。

男人在大街上的巴士车站旁停下车。

"小姑娘，你正好赶上了，"他说，"几分钟后，车就要开了。"

"别迷路了哦。"女士说。

"到时新康尼斯顿的集市，你会来吗？"她丈夫问道，"如果你来的话，可以来缝纫区看看，获得最多奖项的被子肯定是她缝制的，也许我们能在那里再见呢。我们姓赞格尔。"

"厄尔·赞格尔夫妇。"他妻子补充道。

"我希望能再见到你们，"加妮特说，"谢谢你们让我搭车，还为我唱歌。"

他们真是好人。看着他们离去，加妮特一时有些难过，但是下一分钟，当她爬上大巴时，马上就将之抛在了脑后。

# 第七章

# "就像捡破烂人的口袋"

大巴虽然老旧，但看上去还算精神。司机在他的帽子上别了一朵玫瑰花，耳朵后面夹了一支铅笔。他看起来比他的大巴要年轻。

车上除了加妮特只有两位乘客。一个女人用一张报纸当扇子不停地扇，一个男人张着嘴巴睡觉。

加妮特在一张又大又滑的座位上坐下来，坐垫是用人造革做的。人造革散发出一股强烈的气味，此外车里还混杂着汽油、灰尘和人们衣服上的气味。

大巴出人意料地砰地响了一声，然后就开动了。加妮特感觉非常自豪，觉得自己富有经验，就像一位女士在欧洲旅行。她抚平自己的连衣裙，把两根辫子分别搭在两边肩膀上，然后朝窗外看去。

很长一段时间，她看着窗外飞速退后的农场、玉米田、森林和小山。阳光很灿烂，狗儿躺在树荫底下，而猫咪们却躺在门前台阶上晒太阳。

大巴在下一个小镇——梅洛迪停了下来。车上的男人和女人都下了车。那个男人仍旧打着哈欠揉着脸颊，那位女士则因为炎热的天气而不停地摇头叹气。没有人上车。司机转身看着加妮特。

"想要车开得快一点儿吗？"他问道，"我告诉你哦，这辆旧巴士还是有些速度的。现在你来决定吧。你可以假装自己是一位有私人司机的女士。我来给你看看我的驾驶技术，怎么样？"

"哦，太棒了！"加妮特喊道。于是他们就出发了。

他们的车像子弹一样飞了出去。它爬上山头又冲下山坡，在转弯的时候，只有两个车轮是着地的，电线杆就像飞奔而过的长颈鹿，小鸟从篱笆上飞起来，路上母鸡被吓得四散奔逃，风在耳边呼啸。

加妮特在滑溜溜的座位上不停地从一边弹跳到另一边，她努力使自己不尖叫起来。这比集市上的过山车好玩多了！

很快地，他们就看到了新康尼斯顿小镇所在的那座高山了。它在那儿，对加妮特来说，它就像巴格达、桑给巴尔和君士坦丁堡一样光辉灿烂。她摇了摇她的手袋，里面还有四十分钱在叮当作响。

他们开过小镇外面那些破旧的房子，然后经过更大些的房子，接着是商店，最后车子停了下来。

"谢谢您把车开得那么快。"加妮特对司机说。

"别客气，小妹妹，"他说着，帮她下车，"很荣幸为你服务。"

我先干什么呢？加妮特问自己。我就先沿着大街到处走走，看看热闹吧。

大街上真热闹。电车在轨道上咔嚓咔嚓响，汽车嘟嘟嘟地响着喇叭，成百上千的人闹哄哄地说着话，他们的脚步声在街道上成天踢踢踏踏地响着。加妮特喜欢听城市里的喧闹声，听一切事情发生的声音。

每次她进一家商店，总是会先停下来看一看橱窗。那里有上千种她在布莱斯维尔见都没见过的东西。有一个大橱窗里堆满了厨具：一个淡绿色的炉灶、一个绿色的瓷制水槽、搪瓷的罐子和平底锅，它们全都是淡绿色的，谁见过这样的事！还有一个橱窗里陈列着的全是晚礼服，另外一个则全是大衣。想想吧，现在，八月里，毛皮大衣！

加妮特从每一个橱窗里为自己的家人各选了一些礼物。绿色水槽送给母亲，还要送给她一件棕色毛皮大衣、一件冰锥形上宽下窄的晚礼服。在农商百货店的大型展示橱窗里有一台圆盘翻土机，父亲可能会喜欢。她还在一家玩具店里看到一辆小消防车，正好唐纳德可以坐进去。

但是送什么给杰伊呢？给杰伊——她真的想送什么礼物给他吗？她在恨他，不是吗？不正是因为恨他，她才这么大老远地跑到这里来吗？哦，不！不管她怎么努力，现在加妮特都想不起来和杰伊生气的感觉了。就在那时，她刚好经过一家乐器商店，她看见橱窗里有一把手风琴，红色和银色相间，闪闪发亮。在世界上所有的东西中，杰伊最想要的就是一把手风琴了。加妮特站在那里久久地看着它。她觉得非常高兴和自豪，就好像她真的已经把它送给了杰伊一样。

"杰伊和他那堆破麦垛！"她揶揄着，低下头，忍不住笑出声来，"他真是爱发脾气！他总是爱发脾气！"

她突然想起麦垛倾倒，把她埋在下面的情景，不知为何，这件事似乎比世界上任何事都好笑。她走着，把下巴埋在衣领里，努力让自己不要笑出来。但是她忍不住，她爆出笑声，而且越笑越厉害，一直笑到浑身颤抖，上气不接下气。人们微笑着看着她，一位警察说："小姑娘，真希望我也能听听这个笑话。"过了一会儿，她笑够了，看了看四周，然后深深地吸了一口气。

既然她已经为家人们选了他们各自最想要的东西，现在她就走进第一家她见到的折扣店去买她付得起钱的礼物了。

她喜欢折扣店，这一家看起来特别鲜艳和热闹。里面到处是吃着纸袋里的糖果、走走停停的人们。里面很热，空气中混杂着香水、炸洋葱、巧克力和灭蝇喷剂的味道。一只只气球像鲜花一样插在玩具柜台上。红色和粉色的皱纹纸缠绕在柱子上，四面墙壁上也用别针别满了。宝宝哭闹，妈妈喊叫，收银机轻快地叮当作响。在所有这些喧闹声之外，笼子里的金丝雀唱着欢快的歌，仿佛这里是它们熟悉的茂密森林。

在二十七号柜台，一位女士正在往脸上抹一种冷霜，她的嗓门很大，就像老唱片一样。她的面前围着一小群人，多数是女的，他们松松垮垮地拎着大包小包，看着她。

"这种冷霜，"这位女士大声说，"是用乳龟油制成的，只要在晚上睡觉前涂抹，然后用力拍打就行。"说到这里，这位女士起劲地拍打起自己的脸以做示范。"如果长期持续使用，包祛除各种皱纹、双下巴和雀斑，使您的皮肤水嫩无比。"她的眼光落到了加妮特身上，"甚至那位站在那里的小姑娘，使用这种冷霜也有好处。不然她长大后一定会为脸上的那些雀斑而烦恼！"所有女人一齐把头转向加妮特，看着她，脸上露出成年人的笑容。

加妮特感觉很窘迫，她嘴里轻声吹着口哨，慢慢地从她们中间溜开。雀斑，看在上帝的分儿上！谁在乎那些雀斑呢？

她花了很长时间来为家人们买礼物，因为她要看，要选择，还要比较。但是最后大部分礼物都买好了。首先为杰伊买了一本叫《狂野西部》的书，然后为唐纳德买了一架小飞机。为父亲买了一条印度班丹纳印花大手帕，为母亲买了一枚镶着红玻璃的戒指，这颗"宝石"比任何红宝石都更大更漂亮。只有埃里克被剩下了，她究竟可以送给他什么呢？

当她抱着她那因装满了礼物而鼓鼓囊囊的包在商店走道上徘徊时，她注意到肚子里有一种感觉。

"空空的，就是那种感觉，"加妮特惊讶地想到，"空得就像捡破烂人的口袋。"她想起了赞格尔先生。

毕竟这已经是半下午了，她连午饭都还没吃呢。她在一个玻璃柜前停了下来，里面有十几根肥肥的香肠躺在架子上正滋滋地烤着。它们闻起来香极了，她还从来没闻到过这么香的东西呢。

"请给我一根香肠。"加妮特说着，递给卖香肠的女士五分钱。那位女士满头金发，指甲上涂着草莓色。

香肠被裹在一个热狗面包里面，上面挤上一些芥末，没有比这更香的东西了。加妮特觉得，没有什么比折扣店里的热狗更好的了，吃完这个我还要再来一个，然后我要去吃冰淇淋，然后看看还可以吃点儿什么。

但是正当她开口要第二个热狗时，一个新的吓人的念头出现在她的脑海里。

她摇摇手袋，里面安安静静的，什么声音也没有。她咽了咽口水，拧开手袋的搭扣。里面有香水、新手帕和那枚珍贵的银顶针。她把这些东西都拿了出来，盯着手袋往里看。然后她把它倒过来，但是什么都没掉出来，里面是空的。

"就像捡破烂人的口袋一样。"加妮特在十分钟里面第二次说了这句话。

"亲爱的，怎么了？"卖香肠的女士很友善地问道，"钱花光了吗？"

"花光了，"加妮特说，"我离家三十公里呢。"

卖香肠的女士有两条细细的有趣的眉毛，当她惊讶时，那眉毛显得更有趣了。她往前靠着，要跟她说话。但是正在这时，一个高大的妇女在一群孩子的包围下，风一般卷到柜台前，呼呼地喘着气。

"七个，"她要求道，"请给我们七个热狗。两个芥末的，五个泡菜的。请尽快，我们要赶路。"

加妮特看那位卖香肠的女士完全把她忘了，于是她走出了商店。

哦，人们肯定不会在这样的城市里迷路饿死的，加妮特对自己说，不管怎样，我还可以搭便车。那是件很叫人兴奋的事。要是杰伊也在这里就好了。

事情还是没那么顺利。鞋子把她的脚磨破了，她就拖着疼痛的脚，抱着她的包和那个空空的手袋沿着大街往前走，她觉得自己就像一个老太太，刚去看过那些不喜欢自己的孙子孙女，现在正要回家。

小公园的门开着，加妮特走了进去。那里很不错，大树投下浅灰色的树荫，喷泉的声音听起来就像柠檬水一样。十几个人坐在长椅上，她唯一能找到的地方是一个小小缝隙，于是挤在一位拿着报纸的大个子男人和一位牵着狗的小个子男人的中间。报纸上是加妮特看不懂的外文，加妮特想拍一拍那只狗，但是狗却噘起嘴唇不屑地看着她，所以等脚不疼了，她就马上走开了。

"哦，天呐，这里太吵了，"加妮特对自己说，"我真是厌倦了那些电车！它们真是太多了。"

不过，如果她还有一个五分钱的硬币，她一定还是会去坐一趟电车的。一阵想家的思绪淹没了她，那里没有噪声，只有大自然的声音，比如蟋蟀、奶牛的叫声和清晨公鸡的打鸣。

她沿着倾斜的街道往低处走啊走，再一次经过那些满橱窗都是宝贝的商店。她一遍又一遍地向自己重复着那几句话，就好像那是一首诗一样：

"一毛钱买书，

"半毛钱买飞机；

"一毛钱买父亲的手帕，

"一毛钱买母亲的戒指。"

当然最后她不得不加上一句："半毛钱给我买一个热狗！"

给埃里克什么都没买，她感到很羞愧。她这么大了，应该对钱知道得很清楚了。但是五毛钱看上去真是一大笔钱，她以前还从来没有花过这么多的钱呢。杰伊会多生气啊！但是现在除了想办法搭车回家，还能做什么呢？

不知何故，看起来在乡下搭车比在镇上搭车容易多了。她走啊走啊，下午的光线暗淡了，很快就该是吃晚饭的时间了。可是她的家还是像埃及一样遥远。

随着她往前走，路边的房子越来越小，越来越旧，也越来越少。现在她几乎能闻到农田那香甜柔和的气味了。想想看！有那么几个小时她竟然忘了它的味道，也忘了它是那么宁静，只有蟋蟀在鸣叫着。

每次有小汽车开过，她都会转身招手，但是所有的车子都不屑一顾地呼啸而过。

鞋子越来越磨脚了，她只好脱下鞋子，光着脚走路。这时她听到又有一辆车开来，她挺直了身子，举起手。她看见那是一辆卡车，后面装了一大车什么东西。

卡车慢慢地停下来，司机看着加妮特。

"孩子，要搭车吗？"他问道。

加妮特觉得他的面孔很友善，就回答："是的，我想搭车！"然后就爬上车在他的身边坐下。车厢里满是母鸡咯咯咯的声音，她转过头透过后面的小窗往外一看，车斗里装满了一箱箱的鸡。

"您要把它们送到哪儿去？"她问道。

"送到汉森那里的批发市场，"司机说，"它们中的每一只鸡从孵出来到长大，都是给人当周日美食的。"

"哦。"加妮特回复道，她不再看着那些鸡，但是不能不听到它们的叫声。

"你要去哪里，孩子？"司机问。

"我住在一个名叫以扫山谷的小地方，"她急切地说，"它离布莱斯维尔有五公里路，您去它附近的地方吗？"

"当然，"司机安慰加妮特说，"去汉森的路正好从那里穿过。"

啊，乡村的气味是多么好闻！随他们去拥有有轨电车吧，那些城里人。是的，随他们去拥有绿色烤炉、毛皮大衣、热狗和其他的什么东西吧。

"去买东西了？"司机看着她的包，问道。

"当然喽，"加妮特笑着说，"这就是我要搭车回家的原因，我花光了每一分钱！"

然后她把自己买的所有东西和家里的所有事情都讲给他听了。

当他们开进霍奇维尔的大街时，加妮特听到一声好似碰撞般的声音，然后她看见一个男孩指着这边大喊大叫。她从车窗探出头去，发现马路上全是跑来跑去的鸡。

"快停车！"加妮特朝司机大喊道，"有个箱子掉下去摔坏了。"

"这些可恶的鸡。"司机哀叹着停下车来。听他的口气,好像以前发生过同样的事。他又说:"我告诉你,我宁愿拉一车野公象!"

加妮特也跳下车去抓母鸡。很多汽车被堵住了,鸣着喇叭;楼上窗户里伸出很多头来;路边行人也都停了下来。霍奇维尔的一个警察——加斯·温奇不知从哪儿冒出来,在那儿指挥。人们爆发出一阵又一阵笑声。

加妮特抓住了一只铁锈红色母鸡的脚,把它抓住后,她又去抓一只跳上汽车引擎盖的鸡。卡车司机的胳膊底下已经夹着三个咯咯狂叫、又抓又挠的毛球了。

"还有几只在外面?"加妮特抓着那两只母鸡,气喘吁吁地问。

"数数看,我们抓住了五只,肯定还有一只在什么地方。"卡车司机满脸通红。他拾起摔破的箱子,把它放正了,然后把那些还在挣扎的鸡放进去。然后他在顶上压上另一个箱子,就跑进一家五金店去借一把锤子。

加妮特看见一条羽毛浓密的黑尾巴消失在一家家具店开着的门后面,她跑了过去。这是怎样的一场追捕啊!那只鸡从一串摇椅底下钻过,拍着翅膀呼啦啦飞过桌子,又飞过沙发。好多次她的手指已经碰到了它的羽毛,但是每次它都逃走了。最后她钻进角落里的一个柳条长椅底下才把它抓住了。家具店老板非常恼火。

"店里还从来没有鸡鸭跑进来过呢。"他紧盯着加妮特抱怨道,仿佛是她故意把鸡放进来的。

加妮特把鸡夹在胳膊下面，向家具店老板道了歉，就走了出来。

但是加妮特刚一跨出店门，那只母鸡就猛地往前一蹿，又逃脱了，在大街上连飞带跑。加妮特拼命地追，但就是怎么也抓不住这只黑色的坏母鸡。它躲躲闪闪地沿着人行道全速飞奔，一边跑一边咯咯咯狂叫，然后张开翅膀攒足了最后的力气猛地一跃，重重地落在一家餐馆门口上方一块摇摇晃晃的招牌顶上。

人们笑呀笑呀，整个街道都回荡着笑声。那只黑色的母鸡摇摇摆摆地趴在招牌上，显得十分滑稽。它一边咯咯叫着，一边梳理着自己的羽毛。它下面的招牌上用红色的字母写着：鸡肉午餐，本店特色。

"我来得可正是时候！"加妮特说。

卡车司机扛着一把梯子从五金店里跑出来，他刚把梯子靠墙架好，加妮特就已经蹿到了梯子中间，她的辫子都飞了起来。对抓住那只鸡，她志在必得。那母鸡叫着从招牌上站起来，刚想要逃走，就被加妮特一把抓住了腿。

她得意扬扬地朝下看着卡车司机，感到非常自豪。

"它在这里，"她说，"我的天呐，我还从来没见过这么皮的母鸡。"

她紧紧地抓着它，小心翼翼地爬下梯子。既然已经把它抓到手了，她对它竟有点儿歉疚，你不能责怪一只鸡不愿意成为一顿晚餐吧。

"哦，哎呀，"卡车司机敬佩地说，"孩子，你干得真不错！"

路人都笑着祝贺她。她听到一个老人说："那个小女孩爬起梯子来，就像魔鬼在后面追一样，我还从来没见过爬得这么快的。"

司机把鸡放进箱子，和其他鸡在一起，然后用钉子把箱子顶部钉上。加妮特注意到他留下最后两根木板条的一端没有钉上去。

他们回到了卡车上，再次出发。人们朝他们挥手告别，仍旧在笑着。看得出来他们很感谢他俩带来了出人意料的欢笑。

真是有趣，加妮特想。今天上午，杰伊批评她活儿干得糟糕，现在卡车司机又夸她干得好。这样就扯平了。

卡车司机用一块蓝色的手帕抹了一把汗津津的脸，加妮特则拂了拂她的连衣裙。追逐那些鸡，让她衣服上都沾上了灰尘，她的手臂上还有被鸡啄过的痕迹，但是她感觉很开心。

"这样的事经常发生吗？"加妮特有礼貌地问。

司机笑起来。"哦，不经常，"他说，"不过有一次，在芝加哥的卢普区，我有二十几只鸡跑了出来。天呐，我们让交通整整堵塞了半个小时。不过每一只都找回来了，有的在公共汽车里，有的在理发店里，还有的我也说不上来是在哪里找到的。"

他笑着对加妮特说："不过它们都是好母鸡。在整个州，它们已经赢了很多奖牌，下个月我会带它们去参加新康尼斯顿的集市，看看到时我们会得到什么奖。"

他从口袋里摸出一本小册子，把它扔在加妮特的腿上。小册子的封面上印着：

**奖品目录**

威斯康星西南部集市

参赛规则和条例

威斯康星州，新康尼斯顿

九月九日至九月十二日


小册子的封底更有趣。上面写着：


**特别推出**


**了不起的佐兰德**

全三场

最大胆、最不可思议的

二十三米高空平衡绝技。

绝无保险设施！


**珠宝女孩和布鲁诺**

全两场

两位女士和一位男士为您带来

杂技和老少皆宜的喜剧表演，包您满意。


**汉克·哈泽德和他的乡巴佬乐队**

由曾震惊百老汇的

多才多艺的音乐家和舞蹈家组成。

还有许多杰出和优秀的演出，

数不胜数！

加妮特决定尽量不错过今年的集市，她打开小册子，看里面的条目。看起来你能展出世界上所有的东西：从奶牛到十字绣，从肥猪到甜泡菜！

当她浏览到家禽目录时，有些内容吸引了她的目光，在"D组——猪"这一栏底下有这样的文字：六个月以下的最佳公猪，一等奖 3.5 美元，二等奖 1.5 美元。

尽管到九月九号提米才四个月大，但是毫无疑问它是加妮特见过的最帅的小猪了，这得感谢她的悉心照料。想象一下，如果它获得这个奖该有多棒！

"这个能给我吗？"她问道。

"当然可以，"司机乐呵呵地说，"小姑娘，你打算展出什么东西吗？"

"一只小猪。"加妮特说着，告诉他关于提米的事。

"喔，我希望它能给你赢一条绶带，"卡车司机说，"听起来它会的。"

现在他们开进了以扫山谷，这也是加妮特的山谷。只要她活着，不管她会生活在何处，这个山谷都以某种方式属于她，因为她对这里的一切全都了然于心。

"停在哪儿，孩子？"司机问道。

"我想在邮箱旁边的小路下车。"加妮特说。

但是当她谢过司机，然后跳下车的时候，她惊讶地发现他也下了车，转身走到了卡车后面。

"等一下，孩子。"他命令说。他拉出那个破了的箱子，挪开上面松开着的两根木板条，然后把手伸了进去。箱子里一阵骚动，响起咯咯咯的叫声。当他的手抽出来时，手里抓着那只黑母鸡的腿。

"这是送给你的礼物，"司机咳嗽着说道，"如果没有你，我根本没法把那些母鸡都捉回来。"

"哦，我不能要！"加妮特叫道。但是她很清楚地知道自己可以接受，而且她很可能会接受的，因为她真的很想要那只母鸡。

"听着，"卡车司机说道，"你从我手中接下这只母鸡就是对我做了一件大好事。它生来就是一个麻烦制造者，而且它不喜欢我。如果说就是它独个儿把那个该死的板条箱推下车的，我一点儿也不会觉得奇怪。而且我有个感觉，它太难对付了，没有人会愿意买下它来做一顿周日美食的。所以，你看怎么办？"

"好——吧，"加妮特说着，伸出手来接母鸡，"哦，您知道我多么高兴能拥有它！我不愿去想象它躺在一个大浅盘里，上面盖满了土豆泥和肉汁的情景。"

"好啊，孩子，再见吧！"司机说着，跳上他的卡车，她还没来得及正式向他道谢并且告别，他就已经一骑绝尘，开出八百米远了。

加妮特把母鸡夹在胳膊底下。现在她总算有一件礼物可以送给埃里克了，而且是一件可能是他最喜欢的礼物，是单单属于他的一个活的生命。他可以给它喂食，照顾它，为它建一间小屋子。

　　"没有人会吃你了，可怜的小家伙。"加妮特对母鸡说。母鸡看起来累了，无精打采的，红色的鸡冠也垂了下来。

　　小路被傍晚的树影切成一条一条的。她看见有人正朝她走来，那是弗里博迪先生。

　　"您好，弗里博迪先生。"加妮特叫起来，但是她没法招手，因为她一个胳膊夹着包裹，一个胳膊夹着那只母鸡。她也没法跑过去迎接他，因为鞋子把她的脚磨得疼极了。

　　"看我的鸡，弗里博迪先生！"加妮特说，"看我的包裹。这些都是礼物！"

　　弗里博迪先生一句话都没说。

　　"我自己一个人去了新康尼斯顿。"加妮特接着说。

　　弗里博迪先生还是不说话。

　　"我也去搭便车了，就像埃里克一样。"她继续说道。

　　弗里博迪先生仍旧一声不吭。

　　这很奇怪，加妮特看着他。"您这是怎么了，弗里博迪先生？"她问。

　　弗里博迪先生继续沉默了一两秒，然后他说道："加妮特，那是很有趣。不管怎样，我不是你的亲戚。但是你妈妈比你还小的时候，我就已经认识她了，我认识你爸爸比那还早，你们家农场就在我家隔壁，我们全都是好朋友，这让我感觉我就像是你的一个伯伯或者爷爷什么的。你比我认识的所有孩子都更让我操心。你还不到一岁的时候，我就从你嘴里掏出一枚安全别针。你大概三岁的时候，我把你从小溪里拉上来，你浑身都是泥巴，差点儿淹死。你稍大一点儿后，又跑到我家果园里爬树，爬上去了又没法下来，我就去搬了梯子把你抱下来。当豪泽家那头坏公牛追着你到处跑的时候，是谁抓着你的连衣裙把你从牧场篱笆上拽过来的？是我。当你咬了一大口你从森林里找到的那个粉色大蘑菇时，是谁给你灌芥末和水的？是我。当你从那头你认为自己骑得住的小母牛背上摔下来时，是谁把你抱起来送到医院里去的？是我。是的，就在不久前，你和豪泽家那个小姑娘被关在图书馆里的时候，可把人吓得头发都白了。现在你又因为和杰伊闹别扭，就一气之下去搭车，跑到了鬼才知道的什么地方。"

"去新康尼斯顿了。"加妮特小声说。这真是太糟糕了。

"好吧，新康尼斯顿，"弗里博迪先生说，"对谁都不打一声招呼，就独自一人跑到了三十公里之外。我看到你穿着鞋子和那件连衣裙，我就知道你又要惹麻烦了。"

"妈妈在担心我吗？"加妮特问。

"没有，"弗里博迪先生出人意料地说，"事实上，除了我以外没有人在担心你。他们都太忙了。你爸爸以为你在家里，而你妈妈以为你在外面脱粒，或者和豪泽家的女孩在一起。而且你说过你不想吃午饭，所以没有人想到要找你。没有，除了我没有人在担心你。如果我是你的话，我暂时不会去说自己这段远程旅行的，因为没必要让你妈妈知道你的所作所为而生气。"

"但是我的礼物怎么办！"加妮特叫起来。

"礼物可以等一等，"弗里博迪先生严肃地说，"等一切都风平浪静下来之后，你再把它们拿出来，告诉你妈妈你是怎么得来的。"

"哦，弗里博迪先生，"加妮特说，"真对不起，我给您添了那么多麻烦。我真希望自己没做过那些事。"

突然她把那只母鸡向他递了过去。

"能请您帮我抓一会儿吗？"加妮特一下子坐在路边，"我一定得把这鞋子脱下来了。"

弗里博迪先生抓着母鸡，大笑起来。

"我真拿你没办法，"弗里博迪先生说，"有精神的孩子总会调皮捣蛋，总体上你算是很乖的了，我也不想看到你变了个样了。但是凡事要多想想看，我就是这个意思。我们不想看到你出什么事。"

加妮特感觉好多了。尘土在她脚底下就像天鹅绒一样柔软，她能感觉到每个脚趾头都舒展了开来。弗里博迪先生承诺帮她养着母鸡，直到她要送给埃里克为止。

"我给它起个什么名字呢？"加妮特问道。

"我对起名字不太在行，"弗里博迪先生说，"我家里总是有一匹叫'骏儿'的马，总是有一只叫'梅杰'的狗，但是我从来没有给母鸡起过名字。我们来看看，叫它'小黑'怎么样？"

加妮特慢慢地摇了摇头。

"我觉得这个名字不太适合它。"她回答，"这只母鸡和其他母鸡不一样。它骁勇善战。以前有一位女神，她是一个勇士。妈妈给我讲过她的故事。她叫什么来着？我忘了。"

"我也帮不了你。"弗里博迪先生说道。

他们一起穿过大门，然后弗里博迪先生去鸡笼那里把母鸡藏起来，加妮特则到冷藏室去把她的包裹藏起来。她一直在努力回忆那个女神的名字。

晚餐时，每个人都疲惫不堪，头发上沾着燕麦。他们谈论着脱粒，讲他们收了多少袋燕麦，那些燕麦质量又是多么好。

晚餐后，加妮特去擦盘子。在她往碗橱里放盘子的时候，杰伊走过来对她说："你一收拾好，我们就一起进城。弗里博迪先生会带我们去，然后我们搭车回来。今晚有个乐队在那里演出，我们可以喝点儿汽水什么的。"

"好，一起去！也告诉埃里克吧。"加妮特说道。她朝杰伊微笑。她知道杰伊为自己上午在田野里那样冲她说话感到有点儿抱歉。但是他永远不会向她说出来，不过这没什么。

"布伦希尔德！"她突然叫起来。

杰伊不解地看着她："你到底在说什么啊？"

"有一位女神，她是一个勇士，"加妮特解释道，"她戴着头盔，手执长矛，身穿盔甲。我刚刚才想起来她叫什么名字，我想用她的名字来为什么东西命名。"

"你这个傻丫头！"杰伊叹气说，"哎，来吧，快一点儿。我来帮你。"

随后，加妮特、杰伊和埃里克就高高兴兴进了城。这真是美妙极了。

城里人非常多，因为这是周三，是农夫们带着他们的牲畜来买卖并从水路运走的日子。

乐队在一个带有隔板的笼子一样的舞台上演出，这个舞台搭在街道拐角处的支柱上。他们演奏着那些吵闹、欢快的乐曲，他们全都把外衣脱了，因为激情澎湃的演出让他们感到非常热。

加妮特、杰伊和埃里克在街上随意溜达，和他们的朋友聊天。他们看了一会儿宾果游戏，接着去看乐队演出。在演奏一首华尔兹舞曲的时候，乐队的鼓手让杰伊上去打鼓，打了整整一首曲子。杰伊只要反复地打"蹦——恰恰，蹦——恰恰"就可以了。打"蹦"的时候，要用力打，打出雷鸣般的声音，打"恰恰"的时候，就要轻一点儿了。杰伊本来想要打一晚上的华尔兹，但是加妮特和埃里克想让他下来和他们一起玩，而且鼓手说接下来是一首进行曲，对杰伊来说太难了，他就只好作罢。听完乐队演出，他们买了几个冰淇淋甜筒，喝了几瓶汽水，然后又买了一袋花生米，在街上边走边吃。他们随手扔下花生壳，开怀大笑。一切都恢复了正常。

# 第八章
# 赶集

　　九月九日那天，阳光格外灿烂。天空高远，一片湛蓝，就像九月里那些常见的日子。时而微风吹起，即使它吹得那么轻柔，仍让人不禁产生一种它来自远方之感，好像它是从一扇通往另一个世界的门穿越而来的。

　　加妮特很早就醒了过来。在她完全清醒之前，她仍旧闭着眼睛躺在床上，这一半是因为她担心今天会下雨。但是，即使闭着眼睛，她依然知道今天会是一个好天气，因为她感觉到眼皮外非常明亮，一片玫瑰色，她知道这是阳光照在她的眼睛上。她听到蟋蟀在草丛里鸣叫，一只苍蝇嗡嗡嗡地撞着纱窗，有人在外面吹着口哨。所以，今天万事大吉。她睁开眼睛，哦，多好的天气啊！她向阳光伸出胳膊，手臂上的汗毛像纤细的金线一样闪着微光，握紧着的手指是暗红色的，就好像里面亮着灯一样。

　　她踢开毯子，让她的脚也沐浴在阳光下，她的脚趾头也是暗红色的，虽然没有手指那么红。

　　她打了个哈欠，伸了个懒腰，然后从床上一跃而起。她来不及换下睡衣，就跑出房间，跑下没有铺地毯的楼梯，楼梯发出咣咣咣的声音，就好像在打鼓一样。

砰！随着楼下纱门被关上，加妮特已经跑到了草地中央，向一座单独立在那里的小猪圈跑去。那是埃里克特地为提米而建的。

"提米！"加妮特喊道，"懒提米，该起来啦！"但是提米早就起来了，它摇晃着走到围栏边，兴奋地张望着，等着有人喂东西给它吃。它现在长得很大了，皮毛又结实又光亮。它神气地站着，看起来好像不管发生什么事情，它都能照顾好自己。好几周以来，加妮特每天都来训练它像一只获奖的公猪那样走路或者站立。弗里博迪先生教她怎样用两块小木板来引导它走路，怎样让它把两只前蹄并起来站立。

加妮特用一根小树枝挠着提米的背部，提米靠在围栏上，半闭着眼睛，嘴里愉快地哼哼着。

"今天你 定要记得我教你的所有东西，"加妮特对它说，"你会被装在一个你不太喜欢的箱子里，坐车走很远的路，然后你会被送进一个很大的棚屋里，你要独自待在一个猪圈里。但是那里还有很多猪待在它们的猪圈里，所以你能交到一些朋友，不会寂寞的。不久之后会有一些男人来看你，那时你一定要像我教你的那样走路或者站立，这样也许你能赢得一根可爱的蓝绶带呢。"

提米甩着小尾巴，那小尾巴卷起来的时候就像一个法国小号似的。然后它又翻身躺下，让她挠它的肚子。

"加妮特！"林登太太在屋子里大声喊道，"马上回屋穿衣服！"

只穿一件睡衣确实感觉挺凉的，加妮特抱紧双臂，身上是有点儿冰凉了，她匆匆跑回了屋子。

"您觉得它会获奖吗，妈妈？"她问。

"我毫不怀疑，亲爱的，"她母亲说，"它到了你手里之后完全变了个样儿。"

加妮特回到自己的房间，仔细地穿上衣服。她穿上蓝色的连衣裙和鞋子，不是那双有搭扣的鞋，那双鞋子她永远也不会穿了！她使劲扎好辫子，紧得都有点儿疼。她又用力擦脸，直到她的脸像清漆一样发亮。然后她下楼来到厨房里，煎锅里面的培根滋滋地响着，一些油飞溅出来。

全家都要去赶集，他们都为这一盛事而穿戴一新。杰伊和埃里克都把头发梳整齐了，他们洗头用了很多水，现在脖子后面还在滴水呢。唐纳德不得不戴着林登太太的一个围裙来吃饭，这样他离开餐桌的时候，就不会有燕麦片沾在胸前了。加妮特觉得母亲看起来很漂亮，她穿着一条花裙子，发型也和平时不一样。林登先生看上去也非常精神，他穿着一件深色西装，就是领子老是磨他的脖子。

加妮特觉得好像有一个转轮烟花在自己的肚子里转呀转，火花向四处飞溅。她告诉了母亲。

"这是因为太兴奋了，"林登太太平静地说，"又兴奋又饿，快去把麦片粥喝了。""哦，妈妈！"加妮特咕哝道，"我吃不下。""你吃得下，亲爱的。"母亲坚持说，不留一丝余地，"不吃得一勺不剩，就不许离开家门。"加妮特闷闷不乐地扒拉着麦片粥。

"就像在吃博尔德水坝[1]一样。"她嘀咕着，但还是把它吃完了。然后她从椅子上跳起来，跑向门口，但是马上又悲伤地慢步折回来了。

"忘了刷盘子。"她说着。

"哦，随它们去吧！"林登太太宽宏大量地说，"等我们回家后再收拾吧。今天可是个重要的日子。"

"您真好。"加妮特说完，给了妈妈一个拥抱。

埃里克在窗口喊："加妮特快点儿，弗里博迪先生的卡车到了，我们去把提米装进箱子里吧。"

"可怜的小猪！"加妮特对提米说。当他们要把它装箱的时候，它挣扎着，眼珠子转来转去，发出尖叫声。"想想看吧，你可能会获奖呢！"

"我打赌那只小猪才不关心什么蓝绶带呢，"弗里博迪先生说道，"几平方米的泥坑，一个满当当的食槽才会让它心满意足。"弗里博迪先生笑起来，"不过它的确看起来漂亮得像个桃子，不是吗？闻起来也香香的。你是怎么做到的？"

"我给它洗澡了，"加妮特说，"那是肥皂的香味。"

"哦哦，多迷人的一只小猪！"弗里博迪先生咯咯笑着，"它的皮毛这么干净，浑身香喷喷的，要是它得不了奖，我会对集市组织者非常失望的！"

为了方便提米参赛，弗里博迪先生特地开上他的卡车。林登

---

1. 今名胡佛水坝。

家没有卡车，福特小汽车根本容不下他们一家人和装提米的箱子。

"弗里博迪先生，我要坐卡车，和您在一起。"加妮特对他说。

"我知道，你就是想看着那只小猪，"弗里博迪先生说，"进来吧，我们该出发了。"

加妮特看着她的宝贝箱子被安安稳稳地放在了卡车后面，就上了车，向家人们告别。他们正在福特车那里忙进忙出呢，豪泽太太和她女儿西特罗妮拉以及她儿子雨果也过来了，他们想和林登家一起去赶集，这样安排座位就尤其困难了。

"你和我一起走真是一个明智的决定，"弗里博迪先生评论说，"不然我真不知道你和提米还能不能去集市，豪泽那家人可都是大块头啊。"

加妮特看着豪泽太太钻进小汽车，然后她看见福特车下沉了一点儿，只是不知道这是不是她的想象，那车好像在重压之下叹着气呢。天呐，加妮特想，妈妈、爸爸、杰伊、唐纳德、埃里克，还有豪泽太太，还有雨果，还有——

"西特罗妮拉！"加妮特叫起来，"你过来和我们一起坐吧。这里有的是地方，是吧，弗里博迪先生？"

"再来一个人没问题。"弗里博迪先生热情地说着，侧向加妮特那边为西特罗妮拉打开车门。

加妮特扭过身，透过后面窗户朝装着提米的箱子看了一眼。"提米看起来很伤心，"她说，"可能它永远都不会原谅我了。"

"给它点儿吃的看看会怎么样，"弗里博迪先生说，"猪只会在吃饭的事情上闹情绪。"

这时候，卡车已经开了一半的路程了。

"哦，我真害怕我今天去不了集市了，"西特罗妮拉说，"默尔把车开到汉森去修理弹簧了，西塞罗、爸爸和艾德叔叔用仓栅车拉着我们的黑白花奶牛去集市了。除了家里的牲畜，他们什么都没给我们留下，幸亏妈妈想起了你们。"

"这是赶集的好日子，"弗里博迪先生评论道，"不冷也不热，天上万里无云。"

"您说它够暖和吗？"加妮特问。

"谁啊？"弗里博迪先生说，"你说提米吗？它很暖和，别担心。"

霍奇维尔到了，弗里博迪先生停下车。

"来个冰淇淋甜筒怎么样？"他问道。

"好主意。"加妮特回答。

"超好的主意。"西特罗妮拉回答。

于是弗里博迪先生就走进了一家杂货店，为西特罗妮拉买了一个枫糖果仁甜筒，为加妮特买了一个巧克力甜筒，给自己买了一个香草口味的。他还给提米买了一个草莓口味的，加妮特把冰淇淋从箱子的木板条缝中送了进去。提米的鼻子蹭着箱子边沿，兴奋地抖动着，一会儿就把冰淇淋舔了个精光。它看起来不那么悲伤了。

"它知道你没有背叛它。"弗里博迪先生对加妮特说。

西特罗妮拉只是看着他们。

"把冰淇淋给猪吃。"她说完，长长地、慢慢地舔了一口自己的冰淇淋，"给猪吃哦！"她重复了一遍，又舔了一口冰淇淋。"我的天，太浪费了！"她说道。

"我今天已经做了很多可怕的事了，"加妮特扬扬得意地说，"扔下盘子不洗，喂猪吃冰淇淋，早上九点的时候自己也吃了一个！"

"难得一次，没关系。"弗里博迪先生说。他们全都回到了车上，砰地关上了车门。

在湛蓝湛蓝的天空下，他们继续往前开。山上没有云烟，河上也没有薄雾，一切都如水晶一般清澈。他们经过了小镇梅洛迪，加妮特想起了公交车上的那两个人，以及那两个人下车后的美妙旅程，特别是她在座位上弹上弹下、努力不叫起来的情景。

她往后看了看提米，它正躺着呢。

"您觉得它都好吗？"她问。

"谁呀？"弗里博迪先生问道，"提米吗？它很好，好得很呢。"

加妮特斜眼看着弗里博迪先生，笑起来。

"您很懂猪哦，是吗？弗里博迪先生。"她问道。

"当然喽，"他说，"应该的。我养过很多猪。"

现在他们能看到山上的新康尼斯顿了。加妮特感到那个转轮烟花又在她肚子里转起来了。

他们开过那些小小的旧屋子，然后穿过两边都是大商店的大街，他们经过了加妮特在那里买礼物的折扣店，经过了那个有喷泉的公园，然后开到了城郊，那是集市所在地。

他们开进了宽阔的大门，进入了一个欢乐的新世界。这个世界就像童话里的魔幻城市一样，一夜之间拔地而起。

这里充满了让人眼花缭乱的色彩、叮叮当当的声音和各种各样的气味。每样东西好像都在旋转，旋转木马、摩天轮，还有过山车。这里还有十几个尖顶荷叶边的帐篷，上面插着迎风飘扬的小彩旗。西特罗妮拉紧紧抓着加妮特，加妮特也紧紧抓着西特罗妮拉，她们俩上蹿下跳，兴奋地尖叫着。弗里博迪先生则平静多了，"我一直都很喜欢赶集。"他说。

他们把车直接开向牲畜展区，在一个用黑色粗体标记着"猪"的展区前停了下来。

这个展区的负责人胖乎乎的，面貌很和善。他叫弗雷德·伦伯克。他和弗里博迪先生一起把箱子搬下来，打开，把提米安置在一个铺着干草、干净漂亮的猪圈里。"它还有些不适应。"加妮特抱歉地对伦伯克先生说，因为提米一直站在它被放下来的地方，看起来满是委屈，对一切都愤愤不平的样子。

"它是一只很棒的小猪，"伦伯克先生的赞赏之情溢于言表，不是哄小孩的那种，"是谁展出这只小猪？"

"是我。"加妮特答道，感觉自己就像提米的妈妈一样。

伦伯克先生从口袋里掏出一本笔记本，又取下耳朵后夹着的一支铅笔，询问加妮特的名字和关于提米的一些信息。然后他在提米的猪圈前放了一块牌子，上面写着：


第三十六组：半岁以下公猪

品种：汉普夏

主人：加妮特·林登

加妮特自言自语地把这块牌子上的字读了三四遍，然后她转向弗里博迪先生，问："我要待在这里看着它吗？"

"不用，不用，"弗里博迪先生答道，"你们两个小姑娘出去开心地玩，裁判还要过好几个小时才来呢。他们三点钟到这里，你们可要保证及时回来！"

"我不知道我怎么能挨到三点钟。"加妮特叹着气说，但是下一分钟她马上就忘了时间，那里有那么多东西可以看，有成千上万件事情可以做呢。

她们首先去看了大棚里其他的猪。那里有很多猪和提米在一个组里。它们有些比它个头大，有些看上去更威风。加妮特和西特罗妮拉急切地检视每一只猪。

"嗯，不管怎么样，"加妮特说，"我打赌提米的脾气最好。""它也是最帅的。"西特罗妮拉坚定地说。

这里到处都是猪。有很多品种的名字听起来就很高级：波中猪、切斯特白猪和杜洛克猪。有的公猪看起来就是一副坏脾气，还有一些母猪带着大小不一的小猪仔。某一个猪圈里，有一整窝小猪宝宝睡得正香，它们就像蓟花的冠毛一样白，耳朵粉粉的，小嘴巴向上翘着。真看不出来有朝一日它们会长成吵吵闹闹、哼哼唧唧、不守规矩的大猪。在另一个靠近大棚前端的猪圈里，有一只获奖的公猪，浑身黝黑，声如闷雷，个头大得像一架大钢琴。它上面的牌子上用别针别着它在过去的集市上赢得的绶带，全都是蓝色的！

整个大棚里回响着哼哼声、呼噜声、尖叫声，还有小猪之间彼此抱怨发出的哼唧哼唧的声音。

"它们听起来真粗鲁，"加妮特说，"好像它们从来也不会对别人说好话，只会责怪、抢夺，彼此叫对方走开别挡着道。"

旁边的牛展区就非常安静，让人肃然起敬。那里几乎一点儿噪声都没有。母牛们站在牛棚两侧的栅栏里，睁着温和平静的眼睛，嘴巴里耐心地咀嚼着。那里还有长着粉色鼻子的小牛犊和看上去很凶的庞大的公牛。

加妮特和西特罗妮拉停在豪泽家的黑白花奶牛面前，敬佩地看着它。它又大又漂亮，黑白相间的皮毛闪着亮光。

豪泽先生过来站在她们身旁，两手插在口袋里。

"它看上去真棒，是吗？"他说。

"是的，有一次它追我，"加妮特骄傲地说，"真把我吓坏了。"

"是呀，那次是谁救了你？"有人一边问，一边拉了一下她的辫子。加妮特转过身，当然那是弗里博迪先生。

"您再也用不着这么做了。"加妮特承诺。

"看来这次你一定会赢，赫尔曼。"弗里博迪先生对豪泽先生说。两个女孩则跑去看马了。

高高的马厩里，站着杂色、黑色和菊花青的公马。它们微拱着的脖子强壮有力，乌黑的眼睛炯炯有神。它们的蹄子在地板上不停地踩踏着，发出沉重的声音。那里有一匹小马，可爱得让人难以离开。它的皮毛像绸缎一般，长长的腿还站不稳，像是大折刀一样能折起来。它站在强壮的妈妈身边，在妈妈的保护下，看起来既柔弱又淘气。

"如果它是我的，我会叫它阿里尔！"加妮特抚摸着它的鼻子说。哦，它的鼻子可真柔软！就像苔藓，像天鹅绒，像婴儿的手掌。

"等它长大了，这个名字当然就不适合了。"她若有所思地补充道，"不管怎样，阿里尔是一个有趣的名字，像收音机里的那些名字一样。不过，我觉得它和一匹马不太般配。"西特罗妮拉说："如果它是我的，我会叫它黑骏马，就像一本书上的一样。"

"但是它不是黑色的。"加妮特反对。"是的，但是对一匹马来说，它是一个好名字。"西特罗妮拉说道。

最后她们恋恋不舍地走出了昏暗的大棚，从满是干草和牲畜的浓重气味中来到了五光十色、熙熙攘攘的集市里。

# 第九章

# 冰淇淋甜筒和蓝绶带

她们穿过了一条平整的泥土跑道，这条跑道围成了一个大椭圆形，把集市中心区域圈在了里面。今天晚一些时候，跑道上会有一场跑马比赛，那时跑道两边会挤满兴奋不已的人群，但是现在它只是一条可以供人穿越的道路而已。

她们只是随意地到处逛逛，停下来看看投掷游戏，看看射击场和那些尖叫着坐过山车的人们。她们买了两个冰淇淋甜筒，随着人群向前挤去，然后停下来看那些必须买票才能进去的帐篷外的牌子上写了什么。那里有好多这样的帐篷，都非常有趣：奥萝拉——神秘读心术大师、赫德维茨教授——世界著名骨相学家、赫拉克勒斯二世——本世纪的力士参孙、达格玛——吞剑女郎、扎拉——丛林舞者。在最后这个名字"扎拉"的下面，写着一行小字：十六岁以下者谢绝入内。加妮特和西特罗妮拉都特别想知道为什么十六岁以下不让进。那里还有很多其他的帐篷和表演，但是现在离开始还早，门都还没有开。那些到时在外面大声吆喝着收钱的大叔现在都还没有准备好呢。

标识为"吞剑女郎达格玛"的帐篷门帘掀开着，加妮特和西特罗妮拉看见里面有一位穿着罩衫的女士坐在椅子上补袜子。她嘴里嚼着口香糖。

"你觉得是她吗？"西特罗妮拉边走边轻声问。

"不可能是她！"加妮特说，"我相信一个吞剑者会……你知道的……会不一样，不会像普通人那样，肯定会更狂野一些。"

"我觉得肯定就是她！"西特罗妮拉坚持说，"也许她必须嚼口香糖，"她补充道，"好叫她的下巴更加柔软灵活或者其他什么的，这样才能把剑吞下去。"

她们又折回去瞅一眼，但是这次那位女士注意到了她们，虽然她微笑着，但还是放下了门帘。

"我敢打赌，一定就是她。"西特罗妮拉兴奋地说。这种事情也算不上奇怪，一个真正的吞剑女郎也会和普通人一样补袜子的！

旋转木马看上去美妙极了。这是那种只有马、没有其他动物的旋转木马。但它们是一些奇怪而漂亮的马，鲜红的鼻孔非常宽大，嘴巴咧开大笑。加妮特和西特罗妮拉各付了五分钱坐了上去。一会儿音乐响了起来，木马开始转起来。它们先是高高地升起到空中，然后像飞马一样随风降落。

"我玩这个年龄有点儿大了，"西特罗妮拉说，她十一岁，"但是我还是喜欢玩。"

"玩这个我永远都不会太大，"加妮特说，"我这一生不管什么时候看见旋转木马，我都会骑上去。等我有了孩子，我会和他们一块儿玩。"

她们又玩了两圈才下来，然后继续寻找好玩的东西。她们吃了一些爆米花，然后去玩过山车。过山车太刺激了，她们的脖子几乎快折断了，脊柱上每一块小骨头都好像飞了起来，然后又回归到原位，就像在电影《米老鼠》里看到的那样。

"哦，老天！"当过山车转了个弯，猛地向下跌落的时候，西特罗妮拉尖叫道，"这不是太吓人了吗？"

"但是很好玩！"加妮特尖叫着回答，然后在下一个转弯时紧紧地抓住了西特罗妮拉。

她们下来时，感觉头重脚轻，头还有些晕眩。于是她们直奔热狗摊，每人买了两个热狗和一瓶麦根沙士汽水。

"现在去玩摩天轮，怎么样？"加妮特问道，她又做好准备了。

"我们再等一会儿吧。"西特罗妮拉谨慎地说道。她的嘴唇有些发青，"我觉得有点儿不舒服。"她说。

"别去管它，一会儿你就好了。"加妮特轻描淡写地建议道。她的肚子可不痛。

她们决定去烹饪和缝纫区看看。这个展区在集市另一头的一座像谷仓一样的高大建筑里。这个时间，成百上千的人都已经到了那里，加妮特瞥见了她母亲和豪泽太太，还有唐纳德和雨果。

"别提你不舒服的事，"加妮特警告西特罗妮拉，"她们可能会要你回家的。"

"不管怎样，我现在感觉好多了。"西特罗妮拉说完，长舒了一口气。

听说她好多了真是让人高兴，集市也因此看上去焕发出了一种新的光彩，显得更漂亮了。

"哦，我感觉真是太棒了！"加妮特欢快地喊叫着，还猛地跳了起来。

她们走进谷仓似的房子里，观看每样东西。架子上有成百上千罐果酱和腌黄瓜，有插在花瓶里的花，也有种在花盆里的植物。

在一个玻璃柜里陈列着十几个不同的蛋糕，有金色蛋糕，周围装饰着大理石花纹，有上面配有橙子的水果蛋糕，有天使蛋糕、巧克力恶魔蛋糕，还有海绵蛋糕！每个蛋糕旁边都有一张小卡片，上面写着制作这些蛋糕的女士的名字。

"哦，看起来真好吃啊。"加妮特嘟哝道，"哦，我都要流口水了。"

"我没有，"西特罗妮拉说，"我看着这些蛋糕感觉还是有些不舒服。"

于是她们去了缝纫区。她们看见了带有流苏的碎布地毯、钩编地毯、婴儿和儿童服装、钩编外衣、被子，还有绣着花卉、大大的狗头和其他漂亮图案的沙发垫。

加妮特听到有人在说："哎呀，那不是搭我们车的以扫山谷的小姑娘吗？"

她转过身来。没错，说话的正是赞格尔太太。她穿着一件大大的紫色连衣裙，头上戴着一顶绣着一朵玫瑰花的帽子。好心人赞格尔先生站在她身后，一只手搭在她肩上。加妮特很高兴看到他们俩，他们相互握了手，赞扬了一番集市，加妮特还向他们介绍了西特罗妮拉。

"今天您展出被子了吗？"加妮特问赞格尔太太。

"看那边，"赞格尔先生伸出手，指向挂在墙上的一条被子，"好好看看那条被子吧，想想看裁判是怎么想的。"

加妮特看着赞格尔太太的被子，西特罗妮拉也看着。这条被子几乎包括了世界上所有的色彩，整条被子是由五颜六色的布片拼起来的，就像花园里的花儿一样艳丽。这是你想要睡在下面的最漂亮、最美妙的被子。一条大大的蓝绶带别在写有赞格尔太太名字的卡片上。

"真漂亮！"加妮特说。

"真是漂亮极了！"西特罗妮拉说。

"光看这些颜色就让人觉得很暖和。"加妮特说。

赞格尔太太的金牙闪着亮光。

"你们这么说真是太好了，"她笑着说，"我过去总是很喜欢艳丽的颜色，当我胖得没法穿红色衣服的时候，真是难过极了！我觉得把被子做得这么鲜艳我就没那么难过了。"

"给你们三个姑娘来几个冰淇淋甜筒怎么样？"赞格尔先生热情地问道。

"嗯……"加妮特看着西特罗妮拉。

"嗯……"西特罗妮拉看着加妮特说，"如果我慢慢吃的话，我觉得就一个冰淇淋不会把我怎么样。我现在觉得挺好了。"她轻声补充道。

于是她们每个人都吃了一个甜筒。西特罗妮拉吃得干干净净，一点儿渣都没剩。她的病完全好了。

然后她们感谢了赞格尔夫妇，并且答应他们，如果她们以后去深水镇的话，一定会去他们家做客。赞格尔先生也说一会儿他会去看看提米。

她们俩又往回走，在帐篷和表演场所间穿插而行。她们看见一些人从扎拉——丛林舞者的帐篷（十六岁以下谢绝入内）里出来。在他们当中有一个男孩，那是埃里克。

"喂！"加妮特赶上他，一把抓住他的胳膊，这样他就没法逃走了。

"喂！"西特罗妮拉也喊道。

"亲爱的埃里克，你什么时候过的十六岁生日呀？"加妮特嘲讽道。

"也许他还不认识字，"西特罗妮拉也奚落道，"或许他还太小了吧。"

埃里克显得很镇定，他只是咧开嘴笑了笑，然后舔起了手里那根黑色的甘草糖棒。

"哦，我只是深深吸了口气，伸了个大懒腰，然后我就直直地往前看，把钱给了那个坐在布道坛那里的男人，然后就进去了。不管怎样，里面有很多看起来很小的孩子。"

"你真厉害，但是埃里克，里面究竟是什么呀？"加妮特在他身旁雀跃着。

"我敢说，一定是吓人的东西。"西特罗妮拉满怀希望地说道。

"噢，那根本不值一毛钱，"埃里克失望地说，"就是一个穿着草裙的粗壮的女人。她的头发很长，手上戴了很多手镯，她跳了一种舞蹈，就像这样——"他扭着屁股模仿那个丛林舞者跳了起来。加妮特和西特罗妮拉大笑起来。

他们一边逛一边聊天。突然埃里克想起什么事情哈哈大笑起来。

"你们知道吗？"他说，"那个女士，那个扎拉，丛林舞者，她戴着一副眼镜，就是夹在鼻梁上的那种。她一定是忘了把它摘下来。看起来太滑稽了！"

他们发现林登太太和唐纳德坐在一顶帐篷的阴凉地里，看上去两人都累了。

"唐纳德玩遍了这个集市里所有他能玩的东西，"林登太太说，"除了我不让他玩的过山车和摩天轮之外。"

"小马——"唐纳德夸口说道，"我骑着真正的马跑了好几圈，我坐了大旋转木马和小旋转木马，还乘了一列像火车一样的东西。"他看了看妈妈，"但是，我还想坐过山车，我还想坐摩天轮。"

"不行。"林登太太脱口而出。关于那两样东西，这个词她已经说了几个小时了。

"跟我来吧，唐纳德，"埃里克说，"我们去看小猪，还有很棒的马。也许我们还能在哪里为你找个气球玩呢。"他抓起唐纳德的手，带他离开了。

"我真不知道如果没有埃里克我们的日子怎么过。"林登太太叹了口气，用手袋当扇子扇着说道。

"杰伊和爸爸在哪里？"加妮特问。

"你爸爸还在看农用机械，"林登太太说，"杰伊在投掷游戏那里用棒球打陶瓷茶壶，打了几个小时了。"

豪泽太太像火车头一样呼哧呼哧喘着粗气向她们走来。她非常热，上嘴唇上沁着汗珠，一张大脸就像初升的太阳一样绯红。她的胳膊底下夹着两个硕大的粉红色丘比娃娃，一个穿着红色芭蕾舞裙，一个穿着绿色芭蕾舞裙。

"这是我赢来的，"豪泽太太说道，然后口里哼哼着，小心翼翼、慢慢吞吞地坐在了地上，"一个娃娃是在打椰子那里赢的，另一个是在举重那里赢的。你们觉得还有比丘比娃娃更好的奖品吗？加妮特，给你绿色的这个吧，西特罗妮拉可以要红色的。哎哟，我的脚底好疼呀。"

"加妮特，现在差不多快到牲畜评奖的时间了，"林登太太提醒说，"你还有半小时。"

"我知道该干什么，我们还有时间。"加妮特说，"我们去玩摩天轮怎么样，西特罗妮拉？"

"我觉得这个主意不错。"西特罗妮拉说。

于是她们来到摩天轮旁边的小屋子，付了钱，当摩天轮停下来时，她们就上去，肩并肩地坐在一个小小的吊起来的座位上，前面有一条挡板，可以保护她们不掉出来。

操作员拉起一根大操纵杆，摩天轮猛地晃了一下，吱嘎吱嘎地向后上方转去，大地和集市离她们越来越远，像一个慢慢消失的世界。这让人感觉害怕，但也让人兴奋。当她们转到最顶端的时候，她们能看见下面所有的帐篷、周围的农田和新康尼斯顿的房子。这些房子向周围铺展开来，看上去是扁平的，显得很奇怪。然后她们像坐在桶里越过尼亚加拉大瀑布一样转了下来，接着又像炮弹出膛一样转上去。

到第三圈马上要转到顶部的时候，摩天轮突然停了下来，所有悬挂在空中的座位都开始咣啷咣啷地前后摇晃起来，令人恶心。

"他们可能是想让更多的人上来吧。"西特罗妮拉自我安慰道。她们靠在挡板上往下看呀看，但是没有一个人上来。她们看见下面操作员弯着腰的背部。他在拉那根操纵杆，摩天轮抖动了一下，但是没转起来。她们看见他气呼呼地前后猛拉那根操纵杆，然后把自己的帽子推到脑后，擦着额头。然后他抬头看她们。

"大家不要担心，"他喊道，"只是暂时耽搁一会儿。"

"他是在说摩天轮卡住了，"西特罗妮拉哼哼道，"哦，天呐！"

"哦，天呐！马上就到提米评奖的时间了！"加妮特说。

从这么高的地方往下看让人感觉头晕目眩。加妮特抓紧座椅的边缘，抬起头来。下面的集市，以及集市周遭仍旧熙熙攘攘、热闹喧嚣，对这儿发生的事情漠不关心。她也从来没见过一把梯子高到能够得着摩天轮的顶端，想到这一点，令她更不安了。

"我们被困在最糟糕的地方了，"西特罗妮拉抱怨道，"上次是图书馆，这次是摩天轮。"

"嗯，他们很快就会修好的。"加妮特抱着希望说。

但是摩天轮卡在那里已经半个小时了。

她们身处世界之巅，至少她们的感受是如此，却无能为力。太阳无情地照射下来，但是九月凉爽的风时不时地拂过她们，就像溪水下那冰凉的暗流在涌动。

"杰伊在那里。"西特罗妮拉说。

虽然地上的那人看起来那么小，那么微不足道，但无疑那肯定是杰伊。他站在下面，手合拢成一个喇叭，放在嘴上。

"嗨！"他喊道，"现在三点啦！快点啊！"她们几乎听不见他的声音，但是从他用手指反复指着手腕上手表的动作大概能猜出来他的意思。

"我们又没有降落伞！"加妮特也向他喊道。

"也许他以为我们能张开翅膀飞。"西特罗妮拉酸溜溜地说。她也口渴了。

杰伊无能为力地看着她们，然后走到操作员那里去了。在和操作员交谈一番之后，他又抬头看着两个姑娘，耸了耸肩膀。"一时半会儿，做不了什么，"他喊道，"我们会用信鸽把你们的晚饭送上去。"然后他豪爽地大笑着离开了。他的腿跑得那么快，一开一合，看上去就像一把剪刀一样。幸运的杰伊，加妮特想，幸运的杰伊，他的两条腿踩在坚实的土地上。

"无聊的玩笑，是吧？"西特罗妮拉闷闷不乐地说。

"哦，我们很快就会下去的，你不要担心。"加妮特安慰道。她观察她周围其他座椅上的人们。在她们后面的位置上，是一个男人，他在看报纸，他可真有远虑啊，还把报纸带上摩天轮。她们前面是一个男人和一个女孩，他们在写小纸条，然后把它撕下来，扔给下面的朋友们，还发出一阵阵大笑声。看上去没有人在担忧。

就在这时，摩天轮抖动了一下，又往前转动了。每个人都等不及了，但是加妮特和西特罗妮拉还是必须得等摩天轮停五次才能下来，因为她们前面有五组人，得停下来让他们先下。

"快点儿！"加妮特抓着西特罗妮拉的手，一边跑一边喊，"我们得赶到提米那里！"

"哦，天呐！"西特罗妮拉咕哝着，一边跟着她大步跑着，在人群中横冲直撞，一边喊，"我都快渴死了！"

"等一会儿，"加妮特承诺道，"等下会有一桶桶的水，快点儿，快点儿！"

但是当她们跑到跑道那里，却发现跑道口拦着一根栏杆，还有一位看上去很威严的看守站在一边。

她们俩从人群中往前挤到栏杆那里。

"别急，"看守对她们说，"现在正在比赛呢，你们等比赛结束后再过去。"

只见好多马儿飞奔而过，地上尘土飞扬，阳光在车轮的辐条上闪烁。

"我从来没见过这么慢的比赛！"加妮特抱怨道，她搓着手跳上跳下，"哦，天呐，我受不了了。"

"别急，"西特罗妮拉说，现在轮到她来安慰加妮特了，"我很高兴能休息一下，我们很快就到那儿了。"

比赛终于结束了。看守升起栏杆，让她们俩通过。她们不知道究竟是哪匹马赢了，她们也不在乎，她们自己跑得就像在参加一场比赛一样。

她们冲进大帐篷，加妮特挤过人群，来到弗里博迪先生那里，弗里博迪先生正站在提米的猪圈旁边。

"我们来晚了吗？"加妮特喘着粗气问道，她的眼泪都快流下来了。

弗里博迪先生用他宽大的手指着提米的猪圈上方的牌子，严肃地说："裁判来过，又走了。"

"哦，天呐——"加妮特刚要叫起来，就看见了弗里博迪先生所指的东西。那是一条蓝绶带。一条蓝绶带别在提米的牌子上！

"哦！"加妮特一时说不出话来，然后她开始上蹦下跳起来。"哦，太棒了！"她喊叫着，"弗里博迪先生，太棒了！"她一下子爬过围栏进了提米的猪圈，拦腰给了它一个大大的拥抱。

"亲爱的提米，你不为自己骄傲吗？"她说。提米哼哼着，它感觉有点儿窒息。

"它和咱们一样，都有点儿虚荣心呢，"弗里博迪先生把手臂靠在围栏上，说道，"别再宠它了，不然你手上也会有一只和其他猪一样坏脾气的小猪了。今天它已经得到太多关注了，出来吧，我们去庆祝一番。"

加妮特不情愿地从猪圈里爬了出来。提米倒也不介意，它盘着它的小蹄子，舒舒服服地躺了下来，深深地呼吸了一下，然后很快睡着了。

林登夫妇穿过人群朝他们走来。为了找到加妮特，他们找遍了所有地方。他们身后是豪泽太太，她拿着两个气球，一个是米老鼠的形状，一个像齐柏林飞艇。她还拿着一个雕花玻璃碗，碗里是六个蜡制水果，这些都是她玩宾果游戏赢来的。

"你们看到提米得奖了吗？"加妮特叫着扑向父母。

"亲爱的，裁判过来的时候，我们在那里。"她母亲说，"提米参展的时候，我们都看着呢。"

"哦，我的天，"加妮特突然说，"是谁带提米参展的？"之前她没想到这个问题。

"你觉得会是谁呢？"有人在她后面拉了一下她的辫子。加妮特不用转身就知道那是谁，当然又是弗里博迪先生，不然还会有谁呢？

"哦，天呐，"加妮特说，"可怜的弗里博迪先生，总是救我的命。"

弗里博迪先生大笑起来。

"这次你也没办法，"他安慰她说，"我看见你和西特罗妮拉两个挤在那个小篮子里，我就对自己说，我们得在你不在的情况下自己来了，我也这样告诉了那只小猪，然后它对我说'好吧'。"

"你把提米照顾得很不错，"父亲手按着她肩膀说道，"没准你长大后会在这个家里当农民。杰伊看起来对这件事没什么兴趣，唐纳德我看他会去当个联邦特工。"

"埃里克呢？"加妮特问道。

"埃里克可能不会一直和我们在一起，"父亲回答，"不过我希望他会。"

"我也这么想。"加妮特表示同意。埃里克现在是他们家庭的一个成员了，就像她的一个兄弟。如果他离开的话，就太让人难过了。

"他来了。"父亲说。

埃里克把唐纳德扛在肩膀上，雨果·豪泽在他们旁边。唐纳德一手拿着一个气球，一手拿着一只锡制号角。雨果则一手抓着一袋花生，一手举着一面旗子。他们看起来脏脏的，但是都很高兴。

加妮特告诉了埃里克提米获奖了，他一定要亲自去看看那条蓝绶带。

"他们给母鸡发奖吗？"他问道，"明年我想带布伦希尔德来参展！"

"杰伊哪去了？"加妮特问。杰伊呢？她真的很想要他来看看光荣的提米。没有他的分享，她总感觉自己无法充分享受那种胜利之感。

"哦，天呐，我差点儿忘了，"弗里博迪先生突然说道，"这是给加妮特的。"他在口袋里摸索着，"你的奖金。三张崭新的一元大钞，另外还有五毛钱。"

加妮特被这么多钱闪得眼花缭乱。她想了想，然后把挺括的钱币折好放进钱包里。

"这么多钱你打算怎么用呢？"西特罗妮拉非常羡慕地问加妮特。

"首先，"她说，"我要办一个派对。今晚，我会给每个人买晚餐。然后……嗯，我还没想好呢。"

其实加妮特有自己的打算：她要存着这些钱，到时候花在很重要的地方。也许是圣诞节的时候，也许是下次她在邮筒里发现账单的时候。对了，她还很想知道一把二手的手风琴会要多少钱。

"我要去找杰伊。"加妮特告诉家人和朋友们，然后就从大棚里溜出来，走进傍晚柔和的阳光之中。

几分钟后，她差点儿撞到杰伊身上，他胳膊底下夹着一个盒子，正急匆匆地往前走。

"杰伊！"加妮特说，"提米得了一等奖！"

"我知道了，"杰伊说，"我看见它得奖了。看，我为你赢了一个奖品。一件礼物，祝贺提米得奖。"

哦，杰伊真是太好了。加妮特想着，急切地扯下盒子上的绳子，撕开外面的包装纸。她已经决定要尽快弄清楚手风琴的价格。她打开了盒子。

盒子里，西瓜红色的人造丝内衬上优雅地摆着一把梳子、一把刷子和一面镜子。它们全都是用闪着珍珠般光泽的淡紫色材料做成的，漂亮极了。加妮特激动得一时说不出话来。

"哦，杰伊！"她说，这是她唯一能说的话。

"没什么，"杰伊不好意思地说，"我只是想你可以用上。来吧，我们去那些帐篷里看看那里有什么好玩的吧。"

他们进了一个又一个帐篷。他们看了奥萝拉，那位神秘读心术大师，但是他们觉得也没什么。"那不过是些老花样，"杰伊嘲笑道，"我九岁的时候就会了。"他们去看了赫拉克勒斯二世，他是个胖乎乎的举重者，身披豹皮衣，脚穿一双齐膝高的便鞋。他们也看了达格玛，那个吞剑者，就是加妮特和西特罗妮拉之前看见的补袜子的那一位，她的表演非常棒。他们看了珠宝女孩和布鲁诺，他们的表演也非常精彩。他们也去听了汉克·哈泽德和他的乡巴佬乐队，"我的耳膜都要被震破了。"后来杰伊说。

那时天要黑下来了，他们开始召集大伙儿一起来参加晚餐派对。他们费了一番功夫才找到豪泽太太。她在射击馆里，正闭着一只眼在射击一个茶杯呢。他们看见她打烂了整整一排茶杯和一些小雕塑，得意扬扬地领了奖品。奖品是一幅油画，上面画着一位划着独木舟的印第安女孩。这幅画的边框是用真正的桦树皮做的。

"艾伯哈特奶奶会喜欢这个，"豪泽太太说，"她还记得以扫山谷的印第安人，而且她真的很喜欢图画。"

他们所有人一起在柜台前用晚餐。这是加妮特自己的派对，每个人都很高兴。当他们用餐的时候，"了不起的佐兰德"踩着钢丝在集市的上空走过，一盏聚光灯追随着他，照得他身上的金属亮片闪闪发光。他优雅地从他们头顶走过，看起来光彩照人，好像被施了魔法一样。

晚餐后，加妮特去和提米说再见。大棚里到处都是闪烁的光影，那是天花板上挂着的油灯投射下来的。提米摇晃着站起来，在加妮特的手心里嗅来嗅去。可是那里什么都没有，所以它又重新躺了下来。

"晚安，提米，"加妮特说，"三天后我会再来，然后带你回家。"

坐在弗里博迪先生卡车里回去的路上，加妮特转头看向窗外。摩天轮成了一圈光环，所有的帐篷都像一盏盏点着火的灯笼。在周遭漆黑一片的农田包围中，集市这个魔术般的短暂世界仿佛黑暗大海上闪烁的点点磷火。

西特罗妮拉打了个哈欠。

"我想我很久很久都不会再碰冰淇淋甜筒了。"她说道。

# 第十章

# 银顶针

加妮特认为，埃里克教她翻跟头和鲤鱼打挺真是一件好事。开心的时候，翻上一两个跟头还是很过瘾的，这比跳跃要好，也比喊叫要好。

她来到门外，翻了几个跟头，然后她想起来自己忘了什么事，就又回到屋里，上楼来到自己的卧室里。她先在写字台的一个抽屉里翻箱倒柜地找，最后从她的手袋里，找到了那枚银顶针。她拿着银顶针在自己的毛线衫上擦呀擦呀，一直擦到它闪闪发亮为止。然后，她把它放进身上水手裤的口袋里，又下了楼。

埃里克和杰伊正在牲口棚的屋顶上钉木瓦。除了还需要涂油漆之外，其他工作都完工了，它看起来非常漂亮。

墙上靠着一把梯子，加妮特蹦跳着跑过去，爬上了屋顶。她朝主梁上爬去，光脚丫牢牢地抓着木瓦。而杰伊和埃里克却像两只乌鸦一样，在屋梁上能保持平衡。

"哈啰。"她打招呼。

"你可以帮我们钉木瓦。"杰伊说着，递给她一把特别的锤子。她在他们旁边蹲下，但是她没干多少。她常常抬起头来到处张望。下面是他们家的谷仓大院，"皇后殿下"和它的一家关在一个圈里，提米在另一个圈里。还有布伦希尔德，那只黑母鸡，正在它自己的那块小小的领地上刨着什么。附近还有其他的鸡，那些来亨鸡，耍着鸡常常耍的那些把戏：抓着刨着，然后一只爪子停下来，吃惊地朝并没有什么特别的地方看去，然后再次抓刨，再停下来，同时喉咙里总是发出咕噜咕噜的声音。

谷仓大院的后面是牧场，奶牛们全都低着头在草地上吃草，另一边，马儿欢快地转着圈奔跑着。

豪泽家的牧场后面是一条河。这条河就像一条镜子做成的弯弯曲曲的小路。整个山谷中，目力所及之处，玉米秆都已经被割下来，堆成了小棚屋的样子。山坡上的森林依旧一片浓绿，看上去茂密而幽暗，而其他一切都已经是一片金黄。

"埃里克，"杰伊突然问，"你长大了想做什么？"

"就是我现在做的，差不多吧。"埃里克立刻回答，"我已经计划好了，只要你爸爸让我干，我就努力干，然后攒下我赚到的每一分钱。有一天也许我能买一个我自己的农场。我想就在这个山谷里，在你爸爸的农场旁边，大小和样子也和他的都差不多。"

加妮特用眼角偷偷看了杰伊一眼，接着他会说什么呢？

"埃里克，你为什么想当一个农民呢？"杰伊失望地问，"当农民没什么险可冒，也看不了外面的世界。"

"我已经看了很多世界了，拜托，"埃里克说，"还有很多冒险，如果你管那些叫冒险的话。我更喜欢这里，年复一年我都想待在这里，无论如何你知道的，我喜欢干农活儿。有一天当我有了自己的农场之后，我会像我爸爸一样养山羊，或许还有绵羊。不过，也可能不会养，但是我一定会养猪、奶牛，养一群牲畜，不过除了布伦希尔德我不会养其他的母鸡，因为在我见过的母鸡里面，只有它有点儿自己的主意。也许我会养一只公鸡。要是没有一只能打鸣告诉你一天开始了的公鸡，农场就不是什么农场了。"

"哦，农场上总是充满了麻烦事，"杰伊嘟哝着，"枯萎病、牲畜瘟疫、虫害、旱灾。"

"旱灾！"埃里克嘲笑道，"你们经历的干旱微不足道。你们没遇到什么困难，你们真是太走运了，你记得我说的，哦，我看见过河流全部枯干，干得一滴水也不剩，地上全是裂缝，牲口全都渴死了。是的，在堪萨斯，我看见过沙尘暴像一堵墙一样从大草原那边席卷而来，就像你的帽子一样黑，像天一样高。沙尘暴袭来的时候，我们得用布蒙上脸，就是那样，沙子也会飞进眼睛里和嘴巴里。你能在牙齿间感觉到它们，后脖子、口袋里也全都是！经历过这样几次沙尘暴后，原本一片绿色，看上去那么好的农场就变成了撒哈拉沙漠。杰伊，你还没见识过什么是麻烦呢。"

猪圈外面长着一棵稠李树，树顶上羽毛般的枝叶常常扫着屋顶。杰伊靠过去，拉住一根小树枝，摘下一个酸溜溜的果子，放在嘴里一边嚼，一边思索着。

"嗯，我不知道，"过了一会儿他说道，"也许你是对的，但是我仍旧想我该去旅行，去看看世界。也许过完瘾后，我会回来，和爸爸一起干农活。如果你买了我家附近的农场，也许我们可以一起干活儿，咱们做搭档，把农场经营得棒棒的，你觉得怎么样？”

埃里克高兴地微笑着。

“我觉得不错，”他说，“咱俩做搭档，加妮特要是愿意，也可以加入。”

加妮特觉得很开心。她放下锤子，把双手插到两个口袋里，她在其中一个口袋里找到了那枚她想给埃里克看的银顶针，她把它拿出来，戴在手指上。

“看，埃里克，”她说，“我在干旱期间露出来的河床上发现了它。它是纯银的，非常宝贵。你知道它为什么宝贵吗，埃里克？”她靠向他，略带挑衅地问道，“因为它是有魔力的，这就是原因。杰伊说没有这种东西，那是他不知道。这枚顶针的确有魔力，我一找到它，就发生了一连串奇妙的事情——当天晚上就下了雨，解除了旱情。之后我们就得到了盖牲口棚的钱，然后你见到了我们树林里的窑火，成了我们家的一员。接着西特罗妮拉和我被关在图书馆里，那真让人兴奋，我又自己去了新康尼斯顿，那也是一种冒险，虽然我出发的时候气疯了。接下来，当然是提米在集市上获奖的事。自从我发现了这枚银顶针，这所有的事就都发生了。这辈子我都会管今年夏天叫‘银顶针的夏天’。”

“哦，如果这是一枚有魔力的顶针，我真的非常感激它将我带到这里来。”埃里克说。

加妮特开心极了。她是那么开心，以至于没来由地，她觉得自己的一举一动都必须得十分小心，才不会把自己的好心情给扰乱了。她小心翼翼地从屋顶上爬下来，迈着平稳的脚步穿过菜园和牧场，来到沼泽地。一道绿色的光，在柳树间安静地弥漫开来。河水清澈见底，波澜不惊。

加妮特靠在一棵树上。她是如此安静，静得让一只蓝色大苍鹭以为只有自己在这里，它从枝丫间飞下来，停在水边。她看着这只美丽的鸟，它的羽冠是蓝色的，腿又细又长，在水边走来走去，有时突然把嘴插进水里。她离它太近了，以至于都能看见它那小眼睛里闪烁着的宝石般的光彩。有一刻，它单腿站立，仿佛在沉思什么问题，安静得就像一只用石头雕刻出来的鸟。这一刹那，加妮特觉得它成了自己的伙伴，可以理解和分享她的好心情。他们就这样纹丝不动地在那里站了一两秒钟，然后苍鹭展开它那沉重的翅膀飞走了。

但是现在加妮特的好心情还在向外膨胀。她觉得这好心情很快就会把她撑破，或者让她飞起来，或者让她的两根小辫子竖立起来，然后像夜莺一样唱起歌来！她再也忍不住了，是时候该大声叫喊了。她用最大的嗓门儿叫喊着，跳跃着从树影婆娑的柳树林中跑了出来。

格雷泽尔达，最好的泽西母牛，抬起它那温和却又带点儿责备意味的眼睛，长时间地看着加妮特，而加妮特正翻着跟头，一路翻下了农场。

—全文完—

作者 ······························································································

[美]伊丽莎白·恩赖特

Elizabeth Enright

1907—1968

受父母影响，恩赖特起初是一名插画师，但她在1937年出版第一本书之后，很快就证实了自己的写作天赋。此后，她以家庭体裁小说而闻名，其作品已成为这一体裁的同义词，并两度荣获"儿童文学界的奥斯卡"纽伯瑞奖。《银顶针的夏天》于1939年荣获纽伯瑞金奖，当时作者30岁，是获得该奖项最年轻的作家；另一部作品《消失的湖》于1958年荣获纽伯瑞银奖；"梅伦迪四姐弟"系列也备受孩子欢迎。她的故事本质上就是为孩子们写就的。


译者 ······························································································

谢芳群

上海师范大学儿童文学博士、上海师范大学人文与传播学院中文系讲师、儿童文学作家、资深译者。代表译著《小熊帕丁顿》。

# 银顶针的夏天

作者 _ [美]伊丽莎白·恩赖特　　译者 _ 谢芳群　　插图绘制 _ 张帆

产品经理 _ 秦思　　装帧设计 _ 一千遍设计工作室　　产品总监 _ 陈亮　　技术编辑 _ 丁占旭
责任印制 _ 刘淼　　出品人 _ 曹俊然

营销团队 _ 欢莹　庄舒杨

果麦

www.guomai.cn

以 微 小 的 力 量 推 动 文 明

图书在版编目（CIP）数据

银顶针的夏天 /（美）伊丽莎白·恩赖特著；谢芳
群译 . -- 杭州：浙江文艺出版社 , 2023.4（2023.8 重印）
ISBN 978-7-5339-6853-3

Ⅰ.①银… Ⅱ.①伊… ②谢… Ⅲ.①儿童小说 – 长
篇小说 – 美国 – 现代 Ⅳ.①I712.84

中国版本图书馆CIP数据核字（2022）第088045号

**银顶针的夏天**
［美］伊丽莎白·恩赖特 著 谢芳群 译

责任编辑 余文军
产品经理 秦 思
装帧设计 一千遍设计工作室

出版发行 浙江文艺出版社
地　　址 杭州市体育场路347号 邮编 310006
经　　销 浙江省新华书店集团有限公司
　　　　　果麦文化传媒股份有限公司
印　　刷 北京盛通印刷股份有限公司
开　　本 880毫米×1230毫米 1/32
字　　数 91千字
印　　张 4.25
印　　数 3,001—8,000
版　　次 2023年4月第1版
印　　次 2023年8月第2次印刷
书　　号 ISBN 978-7-5339-6853-3
定　　价 35.00元